ENTRE CUECAS & CALCINHAS

E Outras Crônicas do Site Revista Almanaque

Dados Internacionais de Catalogação na Publicação (CIP)
(Câmara Brasileira do Livro, SP, Brasil)

Ribeiro, Valdyce
Entre cuecas & calcinhas : e outras crônicas do site Revista Almanaque / Valdyce Ribeiro. — São Paulo : Ícone, 2006.

ISBN 85-274-0865-1

1. Crônicas brasileiras I. Título.

06-2389 CDD-869.93

Índices para catálogo sistemático:

1. Crônicas : Literatura brasileira   869.93

VALDYCE RIBEIRO

ENTRE CUECAS & CALCINHAS

E OUTRAS CRÔNICAS DO SITE REVISTA ALMANAQUE

Ícone
editora

Valdyce Ribeiro © 2006

Produção
Ícone Editora
São Paulo — SP

Capa
Cazarré

Revista Almanaque
www.revistaalmanaque.jor.br

Ilustrações
Rita de Cássia Silva Molina

Revisão
Jaci Dantas

Diagramação
Nelson Mengue Surian

Proibida a reprodução total ou parcial desta obra,
de qualquer forma ou meio eletrônico, mecânico,
inclusive através de processos xerográficos,
sem permissão expressa do editor
(Lei nº 9.610/98).

Todos os direitos reservados pela
ÍCONE EDITORA LTDA.
Rua Anhanguera, 56 - Barra Funda
CEP 01135-000 - São Paulo - SP
Tel./Fax: (11) 3392-7771
www.iconelivraria.com.br
e-mail: iconevendas@yahoo.com.br
editora@editoraicone.com.br

Sumário

Apresentação, 9

O poder das pulgas na comunicação, 13

Céus! Em Terra de cego quem tem um olho é rei!, 16

Relação Interpessoal ou RÉ-lação Interpessoal?, 19

Perdoai as nossas dívidas!, 22

Votar ou não votar? Quero o meu direito de ficar!, 25

A sinfonia perversa do pernilongo, 28

Lobos ou ovelhas?, 31

Trem desgovernado, 34

Durante o expediente, 36

Diga-nos com quem andas, 39

Salve-se quem puder..., 42

A garça urbana, 45

Quase uma arma..., 48

Alô... Alô! Responde..., 51

Flashes no centro de São Paulo, 54

"Então já é Natal?... E Novo Ano também?", 57

Filosofando na Fila do Banco, 60

Mentir é feio?, 64

Driblando os cocôs das calçadas, 67

Visite regularmente... o dentista!, 71

A febre juvenil da volta às aulas, 74

Vamos descascar abacaxis?, 77

Não dá para dormir no ponto, 80

Parem a Poesia!, 83

Vamos de ônibus?, 86

O fio de cabelo voador, 89

Não chores por nós, Ray Charles!, 92

É mentira ou não é?, 97

Tração Humana, 100

"Os feios também amam", 103

Coisas que podemos fazer em duas horas, 106

Dia do Trabalho, sem trabalhar, 109

Onde está a cartilha do "Politicamente Correto em Direitos Humanos?", 112

A fuga das comandas, 115

"A marvada pinga", 118

A invasão das câmeras e dos gansos, 122

Elogio à loucura, 125

O "suposto" crime da mala, 128

Torcedor até depois da morte!, 131

As rimas pobres de uma história rica!, 134

Entre cuecas & calcinhas, 137

Procura-se um amigo rico, com urgência!, 140

"A mão que balança a arma", 143

Suposto ou pretenso?, 146

"De tanto ver triunfar as nulidades...", 149

Vida de vaca..., 152

Os culpados são os ratos..., 155

Uma separação kafkiana..., 158

Furacões no Brasil? "Ninguém merece!", 162

Vou tentar estar escrevendo no gerúndio, 165

Apresentação

Quando conhecemos a poetisa Valdyce Ribeiro poucos anos atrás num evento cultural, um de seus comentários foi decisivo para convidá-la a colaborar com o site Revista Almanaque. Ela disse que gostava de escrever poesias sobre o cotidiano, o que na oportunidade concluímos que se tratavam de "poesias jornalísticas". Em seguida, veio a revelação de um grande sonho: escrever crônicas.

A poetisa Valdyce Ribeiro é contadora por formação e professora de contabilidade. A questão é saber o que veio primeiro: a poetisa ou a contabilidade?

"Acho mais fácil explicar como a poetisa se tornou contadora. Na verdade, no íntimo, sempre me envolvi com a poesia... Aos dez anos, eu já escrevia... lamento ter jogado tudo fora. A poesia sempre esteve comigo, como um vulcão inativo, mas presente, e que poderia entrar em erupção a qualquer momento. E foi o que aconteceu em 1985. Ser contadora foi uma contingência em minha vida. Isto é, o fato de eu precisar sobreviver do meu trabalho e por exercer funções ligadas à contabilidade, fui buscar cursos para o meu aperfeiçoamento profissional e acabei tomando gosto pela profissão. Usando, assim, algumas das minhas inteligências múltiplas", responde Valdyce.

A tentação pela "poesia jornalística" e o desejo de escrever crônicas têm lá a sua razão de ser. "Pelo meu sonho, eu teria me formado em filosofia ou jornalismo. Realizei uma parte ao fazer pós-graduação em Teoria da Comunicação na Faculdade Cásper Líbero. Acredito que todos nós temos uma missão na vida e, às vezes, damos uma longa volta... mas acabamos retornando ao ponto de partida".

Valdyce é autora de sete livros de poemas (adulto/juvenil) e um infantil. E por mais de um ano escreve crônicas para o site Revista Almanaque. "Minhas preocupações atuais, como brasileira, estão voltadas ao rumo que tomará essa chuva de corrupção e de falta de ética que assola o País. Incluo aqui as difíceis condições que as pessoas têm para sobreviver com dignidade... Nos meus escritos, há uma diversidade de assuntos sobre a vida: do amor ao político (sem engajamento). Observo as coisas que acontecem ao meu redor, fora dele e dentro de mim. Mas não basta eu observar... preciso também me sensibilizar."

Este livro publica as primeiras 50 crônicas de Valdyce Ribeiro como colaboradora do Revista Almanaque. "Sempre tive vontade de escrever crônicas. Faltava-me a oportunidade de escrever e colocá-las à disposição do leitor. Esperar um ou dois anos, para disponibilizá-las num livro para a primeira leitura, me parecia muito tempo. A crônica é imediatista, diferente da poesia."

Valdyce ingressou no mundo das crônicas em 31 de agosto de 2004, quando escreveu *O Poder das Pulgas na Comunicação*. "Escrever e publicar crônicas é um acréscimo em minha vida; é a realização de um dos meus sonhos. A maioria dos temas é sobre a situação atual do país. "Os assuntos são extraídos do que eu vejo pelas ruas e pelos jornais, inclusive de fora do Brasil. Sinto que vou conseguindo o meu estilo próprio, diferente da poesia, mas sem perder a poética e a sutileza..."

Umas das passagens mais significativas desse curto período de Valdyce no Revista Almanaque foi a da crônica não-escrita. A partir de uma notícia de jornal, ela pretendia escrever a crônica semanal sobre uma campanha em Londres para que os passageiros do metrô tomassem banho, por causa do forte calor. Mas justamente naquela semana, em 7 de julho, houve o atentado terrorista ao Metrô de Londres. Comovida, ela mudou o tema da crônica para *As rimas pobres de uma história rica!*

Percebe-se claramente uma "radicalização" nas crônicas de Valdyce ao longo do tempo, diretamente proporcinal ao nível de indignação com as trapalhadas e falcatruas governamentais. O que é perfeitamente explicável, pois, afinal, o cronista como qualquer ser humano é feito de carne, osso, alma e inteligência.

Assim, os editores do site Revista Almanaque estão muito felizes por proporcionar a Valdecy Ribeiro a oportunidade de lançar o seu primeiro livro de crônicas, ilustrado por Rita de Cássia Silva Molina, que, mais que uma promessa, já é uma realidade.

"Meu objetivo principal é conseguir distribuir mais o meu trabalho literário e envolver-me ainda mais com a educação e a cultura.

"Que a realidade me perdoe, mas não dá para viver sem sonhar", ousa Valdyce.

José Venâncio de Resende

Jussara Goyano

O poder das pulgas na comunicação
31/08/2004

Que as pulgas sejam insetos poderosos, isso ninguém desconhece ou duvida. Haja vista as dizimações que pulantes fizeram desde os tempos medievais.

Uma *Pulex irritans* (pulga humana) não significa nada, mas quando está em bando, e normalmente é assim que atua, causa verdadeira desgraça. Digamos que essas pequenas pestes têm a capacidade de irritar qualquer um; humanos, felinos, caninos e, em primeiro lugar, os anti-higiênicos ratos, é claro.

Duas coisas igualmente causam-me urticária. Uma é o autoritarismo, e a outra, as pulgas. As duas, quando aliadas, são perversas, pois o mais justo seria eu me coçar ora por uma, ora por outra, nunca simultaneamente. Chega a ser desumano.

E o que tem uma coisa a ver com a outra? Tudo! Só obtive essa consciência após ler a seguinte notícia: *Rádio foi forçada a suspender suas transmissões ao vivo depois de uma infestação de pulgas atribuída às hordas de gatos vira-latas que vivem perto da estação.* Constatei que jornalistas, repórteres, locutores, enfim aqueles que dão as notícias tiveram sua liberdade de expressão diminuída. Uma verdadeira fuga de cérebros, sem imposição de nenhuma lei, nenhum decreto, atos institucionais, ou qualquer outra medida semelhante. As pulgas estavam no comando.

Não vou aqui entrar em detalhes, isto é, dizer se a rádio é estatal ou privada, não importa. Mas, que houve um descaso, isso houve, porque o fato é que gatos caíam pelo telhado, que não era de vidro. Embora alguns cachorros tenham contribuído, evidentemente, eles agiam somente na parte térrea. Não vou também fazer uma enquete para saber quem é o maior culpado. Gatos ou cachorros? Dê o seu voto! Para mim, sem o mínimo medo de errar, as pulgas são as vilãs, porque vêm de mansinho... um dia uma... depois outra... pulam aqui... incomodam ali... vão se impondo acolá... como quem não deseja nada, não querem deixar transparecer, mas são autoritárias. Alguns seres humanos se sacodem, reclamam, brigam, dedetizam, não aceitam pulgas prepotentes. Outros nem percebem, mal sabem o que é uma pulga, tampouco como classificá-la, só perceberão quando estiverem até com a língua picada e, então, poderá ser tarde, não haverá antipulgas que dê jeito.

Hoje foi uma infestação na rádio. Amanhã será num jornal, depois na TV, na internet, nas casas, e por aí vai...

Para o nosso conforto esse fato aconteceu na Ilha de Chipre, bem distante daqui e, que eu saiba, pulgas não atravessam mares a nado, mesmo em tempos de Olimpíadas.

Fico mais aliviada ainda em saber que as f.d.p.* proliferam-se em lugares onde há falta de higiene e ratos caminhando livremente pelas ruas entre o lixo não recolhido, multiplicando-se fora de controle. Felizmente... não é nosso caso.

Mesmo assim, confesso, ando com a pulga atrás da orelha. E, se as pulgas têm o poder, eu tenho o direito de criticar e, mais ainda, de me coçar...

filhas das pulgas

CÉUS! Em TERRA de cego quem tem um olho é rei!
07/09/04

Não sei exatamente o porquê, mas ultimamente vários ditados aparecem em minha mente com muita freqüência. Posso considerar o fenômeno quase como *Brainstorming* (chuva de idéias).

Geralmente acontece quando eu analiso algumas propagandas em *outdoors*, em faixas abaixo e acima dos viadutos, em fatos que aparecem nos jornais ou diante dos meus olhos. Eis alguns exemplos dessas frases:

A sorte está lançada. Custa os olhos da cara. De boas intenções o inferno está cheio. Virar a casaca. Ser surdo como uma porta. Os aduladores são os piores inimigos. Dinheiro não tem cheiro. Não me cheira bem. O prometido é devido. O Estado sou eu. Dourar a pílula. O povo quer pão e circo. Existem pessoas que nascem sorrindo, vivem fingindo e morrem mentindo. Errar é humano, mas perseverar no erro é diabólico. Ficar a ver navios. E eu sou besta? Vá tomar banho. Ler nas entrelinhas.

Essas ocorrências se dão principalmente na hora do PEGO*, pois é nesse momento que algumas palavras são ditas inúmeras vezes e ficam martelando na minha cabeça. Sinto-me como uma árvore de peroba à mercê de um pica-pau. Oh! Céus! Encaixa-se naquele *Água mole em pedra dura, tanto bate até que fura.* Resolvi mudar de atitude. Desligo a TV, o rádio e leio um livro.

Outro dia, exatamente no horário do PEGO, fui visitar o CÉU.

Um simpático senhor acompanhou-me e disse para eu olhar e perguntar à vontade.

Piscinas repletas de crianças e jovens. Beleza! É assim que eles brincam. Antigamente não tinham quase nada, "só" uma represa com muitos peixes e árvores. Com o passar do tempo perdeu-se esse lazer da natureza, porque outros não souberam preservá-la.

Perguntei: – Se eles não forem orientados, também não poderão colocar tudo a perder?

*Programa Eleitoral Gratuito Obrigatório

– Não! Colocamos à disposição, eles cuidarão, sozinhos aprenderão. Sabe calcular? 0 + 1 é igual a 1, não é? Sim, claro que é.

Teatro lotado. Beleza! A peça é infantil, inspirada num clássico, todos podem assistir independente da faixa etária, inclusive eu. Na platéia, os espectadores maiores expressam-se com palavrões, esse é um novo modo de falar. Alguns jovens e crianças correm diretamente da piscina para o teatro e sentam-se nas cadeiras estofadas, mesmo com as roupas molhadas.

Novamente perguntei: – Se eles não forem orientados, também não poderão colocar tudo a perder?

– Não! Colocamos à disposição, eles cuidarão, sozinhos aprenderão. Sabe calcular? 0 + 1 é igual a 1, não é? Sim, claro que é.

Oh! Céus! Oh! Terra! E a Biblioteca? O homem pareceu não entender... Com um sorriso menor nos lábios, apontou-a de longe.

– Veja, está fechada! Hoje é domingo, dia de descanso. Leituras são para os dias úteis da semana. Ler aos domingos? Ler é lazer? Nós não incentivamos!

E não mais citou aquele enigma matemático.

Segundo Shakespeare, "Há mais mistérios entre os CÉUS e a TERRA do que pressupõe a nossa vã Filosofia" e, segundo o Barão de Itararé, "De onde menos se espera, dali mesmo é que não sai nada".

Em tempo: lembrei-me de um conto de Monteiro Lobato. Negrinha; uma menina que nunca recebeu nada além de um pouco de alimentação, castigos e um canto para brincar. Contentava-se com pouco. Nunca fez exigências porque não conhecia outras coisas melhores para comparar. Um dia, ela descobriu que 0 + 1 é *um* quase nada.

Relação Interpessoal ou RÉ-lação Interpessoal?
15/09/2004

Relacionar-se com outra pessoa ou com um grupo de pessoas não é uma tarefa fácil. Parece fácil, mas não é. No Brasil, há cerca de 182 milhões de habitantes; no Estado de São Paulo, 37 milhões; e na capital, 10 milhões. É muita gente. Porém, muitas pessoas reclamam da solidão. Não é um paradoxo? Alguns poucos relacionam-se pelo mundo virtual, mas não interagem com as pessoas na vida real, principalmente com alguém que está bem próximo.

Máquinas são compradas com facilidade. A tecnologia modifica-se todos os dias ou todas as horas. Responsabilizam-nos pelo diferencial humano. A maneira como me relaciono com o outro é que me levará à conquista de objetivos pessoais, financeiros ou amorosos. "E agora, João?"

Quem nunca passou por um problema ao tentar se comunicar com alguém? Tem dias que dizemos uma coisa e a outra pessoa entende tudo ao contrário. Isso acontece na comunicação escrita ou oral. Ocorre um erro de interpretação e/ou de transmissão. Ao tentar explicar a frase, falamos que não foi bem aquilo que queríamos dizer. Piorou. Normalmente não convencemos o outro e pode ser também que não estejamos convencidos da verdade. A marca que fica é profunda, medo de dirigir a palavra àquela pessoa novamente.

Estou escrevendo e pensando... será que estão entendendo o que eu desejo exprimir? Estou transmitindo a mensagem com clareza? Ao tentar esclarecer, eu posso estar me confundindo e confundirei você. E ao término dessa sua leitura, se você tiver paciência para ir até o final, nada ficará esclarecido e eu estarei mais confusa. Estaríamos todos equivocados?

A ré-lação interpessoal é um andamento para trás, uma marcha à ré na conquista de uma pessoa, independente da finalidade, seja ela afetiva ou de negócios.

Pior do que não conseguir relacionar-se é fazer uma relação ao contrário. *Ré*. É assim que eu a denomino. Não é a falta de empatia, e sim o excesso dela. Tudo em demasia transborda e, se for superficial, não passa credibilidade a ninguém. Ao invés de criar um lação, solta um lacinho.

Sou capaz de apostar que você tem um fato para contar a esse respeito. Todos têm, próprios ou de terceiros.

Vou contar um caso relacionado com uma prestação de serviços.

Um casal entra num restaurante pela primeira vez. O garçom encaminha-o à mesa, entrega o menu e fica aguardando para anotar o pedido. Traz as refeições e sai de perto, mas não muito. Os dois almoçam e continuam a conversa privativa. Não estão preocupados com o garçom. Mas ele está prestando muita atenção neles, mesmo porque o restaurante está quase vazio e é sempre bom encontrar alguém para demonstrar simpatia, afeto e amizade. Decide que é hora de interrompê-los. Ambos com a boca cheia de arroz, e talvez de farofa, não sabem como agir para responder à gentil preocupação do funcionário que só quer saber se eles estão satisfeitos. Eles ainda não sabem, não deu para usufruir, sentir o sabor. Estão o tempo todo sob a mira de um par de olhos. O homem afasta-se, mas não muito; confirma que se desejarem é só chamar. Passado o desconforto, recomeçam o almoço quase de onde pararam. A conversa? Esfriou. Perderam-se no meio do caminho. No prato, há um frango interrompido e uma carne mal cortada. Na mesa, tudo ficou por resolver, inclusive o assunto. Passados mais alguns minutos... vem mais uma pergunta: "– desejam outro copo de vinho?". Desta vez, balançam a cabeça negativamente, querem acabar rápido com aquele suplício. "– Se precisarem...." O casal nem espera o término da fala. Tensos... pedem, quase imploram: "– A conta!". Quando estão saindo, o atendente dá uns tapinhas nas costas do cliente e diz: "–Apareçam sempre! Obrigado por terem vindo!"

É isso. Faltou ao garçom olhar para a necessidade do outro. Perceber que naquele momento o casal só queria fazer uma refeição agradável e sem interrupção.

Fique sossegado, caro leitor, encerrarei aqui essa nossa relação, ainda embrionária, antes que você me diga que estou fazendo uma Ré-lação e eu o perca para sempre.

Perdoai as nossas dívidas!
22/09/2004

"Até hoje, o governo federal já decidiu abrir mão de US$ 402,4 milhões (equivale a cerca de R$ 1,183 bilhão). É a política de socorro às nações pobres: Bolívia, Moçambique, Gabão – esses já foram perdoados – e Cabo Verde também terá o seu perdão."

Não é que "cumprimentar os outros com o chapéu alheio" é fácil?

Sinceramente, eu não teria nada contra essa benevolência se nós, os brasileiros, não estivéssemos na pindaíba – popular falta de dinheiro. Como dizem pelas ruas, tem gente economizando a grana do almoço para ter o que comer na janta. Quando consegue. Alguns não comem em nenhum horário.

Que é nosso dever moral, político, ético, histórico e humanitário ajudar os países pobres também estou de pleno acordo. O governo arrecada muito. Dá e sobra para nós e para os nossos desafortunados irmãos. Afinal, aqui é o país dos altíssimos impostos e taxas: IPTU, CPMF, IPVA, IRPF, ICMS, IPI, COFINS etc. e etc.

Sou a favor da concessão de anistia aos países sem condições financeiras, incluso e principalmente o nosso país. "Mateus, primeiro aos teus". Esse ditado é milenar.

Quando alguns amigos souberam que eu escreveria sobre o perdão de nossas obrigações, formaram filas para pedir que eu colocasse seus nomes e de outros no texto. Não se trata de um abaixo-assinado. Os devedores brasileiros só querem ser reconhecidos como tais e quem sabe poderão ser beneficiados com os primeiros perdões concedidos às pessoas físicas desse nosso imenso Brasil para Todos. Ficarão para a história.

Encabeçam a lista: Ana, Benedito, César, Danilo, Ernesto, Fábio, Gerson, Jair, Marcelo, Renata, Venâncio, Zé Carlos e, entre milhões de outros, eu, é claro. Lamento, mas não é possível citar todos nesta folha.

A quem interessar possa, há milhares de listas disponíveis para consultar. E sinta-se à vontade para inserir o seu nome.

Portanto...

"Senhor Presidente, Vimos mui humilde e respeitosamente solicitar à V.Ex.ª o Perdão para as Nossas Dívidas. Se V.Ex.ª desejar, poderá nos devolver alguma parte em dinheiro e inclusive quitar as nossas dívidas com o próprio governo brasileiro e com empresas privadas. Sem dúvida, seria uma grande dádiva.

Para efeito de quitação plena ou parcial, considere: Dívidas com o Fisco, ativas ou não. Planos de Saúde. Seguros contra roubos. Seguros contra a corrupção e a lavagem de dinheiro público. Mensalidades escolares. Cadernetas em empórios de bairros. Conta de açougue e farmácia. Cartões de créditos e crediários. Cheques pré. Empréstimos em financeiras e/ou com parentes, amigos, inimigos, agiotas e demais afins.

Que fique bem claro: não somos caloteiros. Somos trabalhadores brasileiros, esforçados, com grandes dificuldades para pagar os altos juros e que, mesmo assim, fazemos questão de honrar nossos compromissos.

E, enquanto pacientemente aguardamos a vossa resposta, seguimos por aqui, mal vivendo e cantarolando roucamente o samba "Atire a Primeira Pedra", de Ataulfo Alves e Mário Lago.

"Covarde sei que me podem chamar / porque não calo no peito essa dor / Atire a primeira pedra (quem nunca se endividou) / Sei que vão censurar o meu proceder / Perdão foi feito pra gente pedir... Perdão foi feito pra gente pedir..."

Votar ou não votar?
Quero o meu direito de ficar!
28/09/2004

Estou numa sinuca! Vou falar por mim, o assunto sobre voto é pessoal e sigiloso. Qualquer semelhança com a sua situação é mera coincidência.

Sou plenamente habilitada para participar da vida política da minha comunidade. Tenho mais de 18 e ainda não tenho 70 anos, portanto, estou dentro da faixa obrigatória.

É a Lei. Podem solicitar o título de eleitor numa contratação de emprego, para tirar CPF, para recadastrar como contribuinte isento, para matrícula em colégios e faculdades, inscrição em concurso público e, após aprovação, para posse.

Considerando as exigências citadas, não me sinto vinculada a nada. Estou disponível para o mercado há 1 ano, 3 meses e 28 dias e sem perspectivas de contratação; é a exigência do mercado. Já tenho CPF. Não faço declaração de isento. Passei pela época de cursar colégio e faculdade. Ainda não tenho passaporte, dólar e euro e taxas para prestar concursos públicos andam pela hora da morte.

Se eu não esqueci de nada, não há brechas para me cobrarem. Percebe? Ganho minha carta de alforria? Tenho a opção de não ir votar? Nada! O voto é obrigatório!

Posso não ir, mas como não estou dispensada arcarei com o meu ato.

Deverei justificar... No dia, certamente as filas para as desculpas estarão enormes. Qual seria mesmo o motivo da minha ausência? Conforme eu disse, não trabalho formalmente, tampouco estou adoentada. Só quero esse dia para o ócio. Será que já posso justificar pela internet? Preencheria apenas o formulário... uma loucura, como no último dia de declaração de imposto de renda.

Para eu justificar depois das eleições, deverei comparecer ao meu cartório eleitoral. Isso pode não ser bom. Pesquisarão o meu nome pelos computadores e, se descobrirem que tenho alguma pendência, pagarei uma multa no valor de 33,02 UFIRs – arbitrado entre o mínimo de 3% e o máximo de 10%, esse valor fica em aproximadamente R$ 3,00. "Ora, direis! É uma ninharia!" Até seria se eu não considerasse os custos agregados.

Digamos que eu esteja em débito com a justiça eleitoral. Pode ser que alguma eleição tenha passado desapercebida e por isso não justifiquei. O recolhimento no valor de R$ 3,00 será num banco, que provavelmente estará lotado ou em greve. Para ir até o cartório eleitoral, tomarei duas conduções, mais R$ 3,40, isto é, se ainda existir o Bilhete Único e, na sua existência, sem ter sofrido nenhum aumento. Evidentemente, vou esperar durante longo tempo e comprarei um lanche básico, um café ou um suco de maracujá. Mais R$ 4,00. Como faço trabalhos informais, perderei a manhã desse dia útil e alguns contatos, hipoteticamente mais uns R$ 20,00. Essa justificativa por não ter votado poderá me custar cerca de R$ 34,40. Mais o estresse e o assédio moral, leia-se o constrangimento, na hora de justificar.

Votar ou não votar? Estou verificando todos os prós e contras. Aproveitar o dia ou perder o dia? Essa é a questão. *Carpe diem* ou *diem perdidi*?

Domingo de eleição é dia de descanso e de primavera. Prometi aos meus amigos espanhóis, em visita a São Paulo, que daria umas voltas com eles pela cidade. Não expliquei o porquê do voto ser obrigatório no nosso país democrático. Não que eu não saiba explicar, é claro, é que não me expresso bem em espanhol para assunto tão sério.

Pela Constituição, tenho o meu direito de ir e vir assegurado. Agora, quero o meu direito de ficar. Ficar em casa. Ficar na praia. Ficar sem fazer nada. Ficar passeando. Ficar no "ócio criativo". Ficar dormindo. Ficar escrevendo. Ficar lendo. Ficar por ficar...

E pensando bem, após analisar os desembolsos financeiros que farei para pagar multas e outras despesas e mais a perda de tempo que terei para justificar a minha abstenção eleitoral, irei votar! Irei, mas levarei comigo a minha liberdade de pensamento. É assim que eu vou... Metade livre.

E você, como irá?

A sinfonia perversa do pernilongo
07/10/2004

A música a soar pela madrugada é tão suave que traz sonhos leves... Este verso poderia ser verdadeiro se quem estivesse fazendo parte de uma orquestra não fosse um inseto com o seu "bzzzzzzzzzzzzzzzz" infernal para atrapalhar o sono de quem deseja e necessita dormir.

"Que musicalidade!" Nem Beethoven poderia imaginar que alguém poderia sobressair-se tanto numa sinfonia.

O maldoso pernilongo alterna música e mordida. Dificilmente dá para abatê-lo em pleno vôo, pois suas asas batem 1.000 vezes por minuto. Alimenta-se de qualquer sangue que encontra pela frente, sem pedir permissão e sem necessidade de transfusão. Vampiro!

Na realidade, o pernilongo não é ele e sim ela, pois é a fêmea que sai à caça de um corpo, qualquer um, de maneira promíscua. Verdade seja dita! Ela tem plena consciência do que é um processo de inclusão, não discrimina nada. Enquanto alguns discursam, ela age. Todos são bem-vindos, independente da cor, religião, classe social, nível cultural. Do palácio ao beco. A muriçoca, este é um dos seus diversos nomes, tem argumentos suficientes para dar aulas sobre como zerar a fome a qualquer preço, doa a quem doer no sentido literal da frase.

Ouço reclamações de um modo geral. Um amigo que mora na Avenida Cidade Jardim sugeriu que eu escrevesse sobre esse inseto malévolo. Prometi refletir sobre o assunto e depois de eu ter sido agredida por vários pernilongos e de passar noites sem dormir resolvi escrever. É assim... toma-se a atitude quando a água bate no próprio traseiro. Outro amigo que mora num bairro mais distante aplaudiu o tema.

Não são todas as pessoas que assumem ou contam suas histórias, porém há muitos casos de insônia e fúria. Dá para perceber que, todas as vezes onde há envolvimento de insetos perturbando gente, vários casos são omitidos. Se o pernilongo anda sedento de sangue, há pessoas sedentas de justiça, seja lá qual for a causa.

Como sempre, deve-se cuidar para que o inimigo não entre em nossa casa e a prevenção ainda é o melhor remédio. "Será o fim da picada?" Nem sempre. Em algumas situações ficam seqüelas e os problemas aparecem multiplicados: insônia, dor e dificuldade respiratória, esta última causada pelo uso aleatório de remédios. "Leia sempre a bula."

Não sei dizer se prefiro escutar uma melodia ou levar uma picada, embora eu saiba que para o inseto a minha opinião não será levada em conta. Ninguém merece passar noites em claro e ficar com os braços e outras partes do corpo marcadas. Entre uma e outra crueldade eu não fico com nenhuma. Prefiro descansar em paz, nem que seja embaixo de um mosquiteiro.

Boa-noite para todos!

Lobos ou ovelhas?
13/10/2004

Esse tema parece extraído das histórias infantis Chapeuzinho Vermelho e Três Porquinhos... Pode ser.

Literatura à parte, lobos e ovelhas são animais intrigantes, um por ser feroz e o outro por ser bonzinho. Tornam-se interessantes principalmente quando estão "juntos" em uma determinada disputa.

A ovelha é considerada do bem: produz leite, tem a carne apreciada, é fonte de lã e de couro. Mas, para se obter isso dela, é necessário tirar-lhe tudo. Ela não faz sua própria entrega em domicílio, "delivery". Se algum ovino retrucar ou negar algo que lhe pertence por direito, pintam-no imediatamente com a tinta negra da rebeldia e será banido da turma. O animal servil cede... não deseja ser expulso!

Entretanto, particularmente, não conheço nenhuma pessoa que tenha saciado a fome com a carne de lobo. Quem é louco de pegar essa fera no laço? Mesmo porque diz a lenda que não se deve comer a carne desse inimigo cruel e traiçoeiro porque seria a aceitação de um pacto perverso. Tem lógica...

Gente pode comer carne de carneiro, de lobo não pode... Se o lobo estiver em pele de ovelha e a ovelha em pele de lobo, é permitido fazer um banquete com os dois e depois "inocentemente" dizer que ocorreu um engano, que não é bem o que estão pensando, que os noticiários exageraram.

É bom lembrar que os lobos por terem má fama estão sendo extintos, andam sem espaço no mundo animal. Não tenho procuração em cartório, nem fora dele, para defender lobos. Mas, por que não experimentam e clonam os cinzentos? Por que somente ovelhinhas são as escolhidas para serem multiplicadas? Quem não se lembra da querida clonada Dolly? Partiu antes do tempo, foi dessa para outra e nem sequer comeram a sua carne ou fizeram um casaco de sua lã. Provavelmente, Dollynha terá mil e uma outras utilidades. É melhor do que nada.

Sem querer tirar partido da situação atual, tenho a impressão de que os lobos possuem alguns conhecimentos sobre política.

Refiro-me à astúcia, maquiavelismo e à arte ou ciência de organização e direção, no significado simples do dicionário Michaelis. "Os lobos vivem numa sociedade complexa e têm hierarquia rígida: um dominante impõe respeito aos outros. Há uma hierarquia própria para os machos e outra para as fêmeas. Os dominantes, em ambos os casos, andam com a cabeça erguida e o rabo parcialmente levantado. Os subordinados têm de adotar uma postura mais modesta com as orelhas encolhidas para trás e o rabo abaixado", escreveu Thiago Lotufo, *na Revista Superinteressante, Universo Animal*. Tudo conspira...

Para as ovelhas, não dá para escrever o mesmo, não há muito o que dizer sobre elas, pois nem sequer conquistam seus territórios.

No Brasil, não existem lobos maus. Temos somente o guará que é tímido e inofensivo. Podemos equiparar nossas feras brasileiras às ovelhas? Ou será que vivemos como no poema de Goytisolo: "Erase una vez/un lobito bueno/al que maltrataban/todos los corderos"? Temos aqui cordeiros maltratando lobos?

De fora da alcatéia ou do rebanho, é mais fácil analisar e detectar quem veste a pele de quem ou quem tem coragem de vestir a sua própria pele, seja ela de lobo ou de cordeiro.

Trem desgovernado
20/10/2004

Que loucura constatar que um trem desgovernado está correndo a 80 km por hora pelos trilhos. Uma composição ferroviária sem governo transforma-se num legítimo passa rápido, que passa e passa ligeiro.

"Que trem é esse?" – perguntarão os nossos amigos mineiros.

O fato aconteceu no sul da Itália. A máquina partiu da estação sem a devida autorização, sem condutor, e percorreu autônoma quase 200 quilômetros, só parando depois de um descarrilamento forçado.

"Virgem Maria, que foi isto, maquinista?"

Pense no susto do maquinista que caiu do trem ao se inclinar para verificar se o caminho estava livre.

Durante essa aventura, o trem não fez vítimas, porém causou pânico por onde passou.

Trem desgovernado é raro. No entanto, a falta de governo em algumas pessoas acontece sempre. Desgoverna-se de maneiras variadas. Acabando com heranças, por exemplo. Governando mal aquilo que deveria ser bem governado. Gastando, desperdiçando...

Por falar em descarrilamento... eu já descarrilei. Você já descarrilou alguma vez? Quase todo mundo descarrila um dia. Numa bela manhã ou noite, nos desviamos e seguimos por caminhos inimagináveis. Saímos totalmente dos trilhos...

No particular, todos têm o direito de se desgovernar e descarrilar quantas vezes desejar.

Na vida pública, porém, não pode ser admitido cair da locomotiva ou praticar o desgoverno. Não se pode permitir o cantar da música de ciranda: "Tem gente com/ tem gente com fome/ tem gente.com.br / tem muito mais gente.sem.br".

Tenho fascinação por trem como meio de transporte. Não exatamente porque ele corre na linha. Isso é o que se espera dele, mas pela beleza e força que ele transmite ao levar e trazer passageiros, bagagens, coisas e objetos. Trem... trem bala... trem de metrô... trem a vapor...

A vida não despoetiza quando se contempla as paisagens com os olhos de janelas em pleno movimento.

Durante o expediente
26/10/2004

Todas as tardes, durante sete anos, um homem inicia o seu plantão numa portaria. Trabalha das 14h às 22h, no segundo turno. Sentado sempre no mesmo lugar, presta atenção em tudo; nos três portões e nas pessoas que entram e saem do edifício. Nenhum deslize pode dar a chance para que a violência das ruas invada o prédio pela porta da frente. É uma espécie de "fortaleza humana".

José, o porteiro, é funcionário padrão. Nenhuma falta, nenhum atraso e cumpre rigorosamente todas as ordens. Calmo e educado, raramente altera a voz. Aconteceu uma vez porque andou muito nervoso com as folgas não concedidas e extras não recebidas em dinheiro e sim com créditos de horas.

Ainda assim, quando aparece algum serviço extraordinário, executa-o nos momentos vagos, não sobra muito tempo para a família, mas complementa o salário.

A pequeníssima cabina impossibilita-o de grandes movimentos. Apesar disso, comporta os sonhos de quem um dia veio para a metrópole tentar a sorte. Homem observador e sensível, é o único da guarita que controla a visita de uma quase mulher, uma beleza e que ele admira muito desde a sua terra natal. Nos dias em que ela porventura aparece, sabe dizer a hora, os minutos e até segundos de sua chegada. Ela nem sequer olha para os lados... Por motivos pessoais, ele tem certeza de que é visto e não esconde de ninguém que está apaixonado. É intuitivo, inexplicável.

Nas últimas semanas tem chovido diariamente. Triste, diz para si mesmo com mágoa: "Hoje ela não veio de novo. Vou embora pra casa sem ver ela".

Mostra um sorriso enigmático e deixa transparecer nos olhos uma sombra de tristeza. É visível que está inconformado e intranqüilo.

Lá pela quarta-feira, passou a reclamar com a chuva e com os moradores, proferindo algumas palavras confusas. Afirmou que a culpa não era dele, que não tinha nada a ver com o desaparecimento da linda.

Perdeu o sorriso, a vontade de trabalhar, mas não a fé. Incansável, professa que brevemente ela voltará para iluminar os seus dias.

As pessoas começam a observá-lo e concluem rapidamente que o José não é mais o mesmo. Não conseguem identificar as diferenças. No entanto, sabem que elas existem. Não entendem o seu envolvimento; uma pessoa tão profissional não pode nunca envolver-se dessa maneira.

Ontem, o Zé chegou feliz, quase saltitando. Entrou no pequeno cômodo, sentou-se na cadeira de madeira e olhou para o céu. Sentiu que nessa segunda-feira a sua amada retornaria; no outro dia sairia de férias durante 20 dias.

Sobre a mesinha tinha uma carta com o nome dele. "Para José, o porteiro". Não constava o remetente, não tinha sido enviada pelo correio. Sorriu como há tempos não sorria.

Ansioso, abriu o envelope. O coração bateu com força... Devido a sua dificuldade com a leitura demorou um pouco para decifrar linha por linha.

"Demitido?!" Indignou-se!

Motivo: incompatibilidade com o ambiente de trabalho. Desvio da atenção. Pensamentos voltados para a Lua.

Diga-nos com quem andas
03/11/2004

E eu não direi quem eu sou...

Vou dizer a verdade, acredite. Não tenho muita curiosidade com a vida alheia. Porém, se esse alguém tem alguma relação comigo ou com os contribuintes em geral, ou seja, aquele "alheio" que depende financeiramente dos recolhimentos dos nossos impostos para se sobressair... *é da conta de quem?*

Fora isso, cada um anda com quem quer... uns andam com gatos e cachorros, outros com papagaios e alguns outros andam com pessoas consideradas, pela opinião pública, os avessos. Cada um, teoricamente, conhece bem o seu acompanhante.

Os atos particulares de uma pessoa responsável por prestações de serviços, praticados entre quatro paredes... psiu! é sigiloso, não são da conta de ninguém.

Normalmente, atitudes privativas não constam em contrato. Então, *vale tudo*?

Se um "hobby" é proibido por lei e o prestador de serviços exerce essa ilegalidade, tornando-se notícia negativa, e se do outro lado está justamente aquele que detém o poder e administra o dinheiro público e que, ao invés de contestar, acredita poder virar a página, assim como se faz com um texto ruim, porque considera isso fácil, confortável e oportuno... não teríamos o direito de questionar sobre um caso tão "particular"? Não seria justo perguntar ao contratante: *diga-nos com quem andas?*

A "transparência" dada, ao se tratar esse assunto sério e abrangente, fica ofuscada, como a água que corre pelo rio e se turva com o lodo, no momento em que recebe uma passagem tão rápida. Está claro?

No mundo atual, os empreendedores sérios e competentes responsabilizam-se pelo meio ambiente; não compram produtos provenientes de fontes que utilizam mão-de-obra infantil, em condição de escravidão, ou daquelas que aumentam os bens de outras formas inescrupulosas.

Para ser fornecedor de uma pessoa jurídica que trabalha com a responsabilidade social, é necessário comprovar tudo: desde a excelência dos serviços ou produtos até a maneira como tratam os seus colaboradores. Exige-se o *ISO* e aquilo. É uma verdadeira via sacra. A fornecedora deve estar acima de qualquer suspeita. Tudo deve ser límpido, em benefício do marketing empresarial e pessoal de quem a contrata.

Dá para se ter uma idéia do comportamento de uma dessas empresas diante de certos "passatempos" pessoais. Não perguntei para nenhuma delas... *com quem andas,* mas certamente, se constatarem algum fato prejudicial por parte do abastecedor, este não passará nem na mais distante encruzilhada do entorno. Há um cuidado especial com a imagem.

Qual seria a reação de uma exportadora de frangos, se algum fornecedor fosse particularmente favorável à briga de galos e aparecesse em público falando livremente do seu favoritismo? Normal? Continuaria mantendo o contrato com ele?

Alimentar-se de pães e frangos é permitido por lei. Deliciar-se com brigas de aves galináceas é ilegal, imoral... e ponto. Há uma diferença fundamental e penal, não há?

Sempre existe gente a querer tapar o terreiro com a peneira e a varrer as quireras para baixo do tapete.

Salve-se quem puder...
10/11/2004

Antigamente... "em toda a terra havia apenas uma linguagem e uma só maneira de falar". Após a Torre de Babel, com a confusão da linguagem, as pessoas se dispersaram e ficaram restritas em suas intenções, nem sempre louváveis.

Hoje, tudo é uma questão de comunicação, que é considerada uma via de mão dupla. Para conversarmos ou discursarmos sobre quaisquer assuntos, é imprescindível ter bons conhecimentos na arte de se comunicar.

Quando vamos explanar alguma idéia em público, há necessidade de fazermos uma averiguação prévia do terreno em que vamos pisar, ou seja, conhecer com antecedência o perfil dos nossos ouvintes e sentir se eles estão aptos e dispostos para captar e analisar as mensagens. Principalmente se a platéia for repleta de tipos perigosos... daqueles que não respondem de imediato e ao fazê-lo abrem e fecham a boca abruptamente.

Vejam que um dia desses um chinês, ou taiwanês, resolveu catequizar os leões do Zoológico de Taipé – capital de Taiwan.

Evidentemente que, além de ousado, o homem cometeu alguns erros primários nesse processo aparentemente simples de levar palavras para outro.

Primeiro porque um leão, provavelmente procedente da África, não entende os dialetos mandarim e taiwanês. Se fosse inglês ou espanhol, quem sabe...

Segundo porque o discursante exagerou na sua proeza ao perturbar o sono do "jubinha", justamente na hora da *siesta*. Se bem que foi num horário que beneficiou o homem, pois o animal, estando alimentado, não o devorou numa só resposta, digo, dentada. Marcou-o na perna, somente...

Terceiro porque não houve um critério na escolha dos temas; não foi feita uma pesquisa para saber se havia interesse nessa exposição didática.

Mamíferos carnívoros têm outros interesses, como por exemplo a cotação do boi gordo e, obviamente, o peso e o conteúdo da carne em si. Eles não têm outra filosofia ou corrente ideológica que não seja um tecido muscular.

Inclusive porque os leões conseguem separar a carne da palavra, com muita propriedade. Quem tem fome quer comida!

Ninguém em sã consciência desafia um rei da selva aos gritos. De frente com a fera? Nunca! Exceto o Daniel, na cova dos leões, que não entrou na caverna com os felinos espontaneamente e, sim, porque foi "convidado" pelos inimigos e saiu-se com vida, graças a sua fé e, exceção, também, para os domadores que amansam uma fera mudando a sua personalidade de selvagem para doméstica.

Por aqui, no reino bem distante de Taiwan, mensalmente e uma vez por ano, nós os assalariados enfrentamos um leão... que igualmente não é manso, vive faminto, não dorme em nenhum momento e não entende a nossa língua, embora seja a mesma, quando discursamos e gritamos sobre a carga excessiva de impostos.

O nosso leão brasileiro está sempre pronto para dar uma bela mordida... em nós, que não somos domadores e nem Daniéis.

A garça urbana
17/11/2004

Ninguém sabe exatamente qual é a procedência dessa garça. Imagina-se que ela migra do Zoológico e, para isso, faz um percurso de aproximadamente dez quilômetros. Penas brancas, bico amarelo e olhos ágeis. Não é feia e nem bela, mas tem lá o seu charme. Para contrariar a espécie, não vive em bandos; é uma ave solitária.

Após a descoberta de um filão alimentar nos pequenos lagos artificiais e rasos, porém, repletos de carpas, nunca mais deixou de comparecer às refeições diárias no seu "restaurante" 5 estrelas do Centro Bancário.

Atravessa o calçadão como alguém que vai ao mercado, conhece os pontos exatos onde vivem os peixes menores. Caminha entre as águas e subitamente, num movimento muito rápido, aparece com a sua presa.

Fácil pegar... difícil engolir. Arruma daqui e dali, demora um bom tempo e, com muita calma, tenta a melhor posição e zás! Dá para perceber o "peixinho" descendo pelo papo.

Sabe que está sendo observada e que é um espetáculo à parte; é uma garça urbana, acostumada com a fama ao reinar absoluta na praça.

Certo dia, durante o seu desjejum, pegou uma carpa de tamanho razoável. Após um tempo de esforço, conseguiu engoli-la. Entretanto, a noite deve ter sido agitada, muitas sacudidelas de penas... por isso, a fome era insaciável. Resolveu pescar outro ser aquático para saciar-se. Tudo muito simples, se o seu objeto de desejo não fosse grande demais para sua estrutura física.

Já nos primeiros movimentos detectou que a tarefa não seria fácil. Mesmo com toda a experiência, cada caso é um caso, até parece que a ouvi perguntar: "e agora, como é que eu faço?". Largar nem pensar; um pássaro não abandona o seu alimento diante do primeiro obstáculo.

As pessoas pararam.... se aglomeraram, observaram e torceram. Com o peixe no bico, voou um degrau acima da escada;

sentiu-se incomodada com a platéia, duvidando das pessoas que nunca se engasgaram com nada.

A batalha continuou; não dava para perceber se aquele que estava no bico ainda tinha vida. Mas, com certeza, dali não sairia; nem vivo e nem morto. Era do bico para dentro. Para fora, não estava nos planos da esperta garça.

E a platéia aumentou... vinte, trinta, quase quarenta pessoas. Uns gritavam: "mais para a esquerda!". Outros: "mais para a direita!". "No centro!", diziam outros menos informados. Todo mundo dava palpite. Sem concentração e diante do público, voou para um degrau acima.

Mais espectadores, ninguém arredava o pé, continuavam dando instruções e alguns gritavam para a garça engolir logo o peixe porque precisavam ir para o trabalho.

A ave não podia compreender a aglomeração. "Gente é animal muito estranho; não come com o bico, não entende nada de bico, a não ser para metê-lo no lugar onde não é chamado."

O tempo foi passando... os minutos parecendo horas; a ave aparentava tranqüilidade, não fosse aquela centena de olhares curiosos.

Finalmente, conseguiu enfiar a carpa para dentro; eram visíveis os efeitos causados no papo. Virou-se de costas para as pessoas e de costas continuou. Elevou a parte traseira para fazer a higiene e tomar um bom gole de água. Balançou as penas... em seguida, bateu asas e voou, grasnando, para uma árvore, sob aplausos.

Deixou a lição de que engolir peixe grande e mal planejado é uma tarefa árdua; e só é possível ser engolido com paciência e habilidade. Vale a pena, se for por uma boa causa.

Imaginem se a garça visse que, constantemente, "engolimos" sapos e lagartos e descobrisse que, na verdade, vivemos entalados...

Quase uma arma...
23/11/2004

Ao acordar, olhei para o céu e percebi que o dia seria ensolarado. Nenhuma nuvem escura. Tudo calmo, aparentemente... Passavam alguns minutos das seis horas e as pessoas do prédio ainda permaneciam dentro da lei do silêncio.

Todos os dias, logo cedo, leio os noticiários pela internet. Excluo as manchetes muito violentas... sangue pela manhã não me faz bem, nem para o estômago e tampouco para a alma.

Tudo seguindo dentro da normalidade... um furo jornalístico aqui, outro fora ali...

Quando, de repente, POU!

Um estrondo ensurdecedor levou-me ao delírio. QUE SUSTO! O som não veio do ambiente externo e, sim, de dentro do apartamento, próximo de mim, dos meus tímpanos.

Ao recobrar-me do susto, verifiquei o computador, pois era o aparelho que estava ligado. Nada! O estampido não partiu da máquina. Ela trabalhava inocente, transmitindo as últimas informações acessadas e nenhuma delas falava sobre guerras ou tiroteios.

A lâmpada estava desligada. Procurei dentro e fora do cômodo. Nada! Certifiquei-me que tudo estava sob controle.

Será que tinha acontecido algo no apartamento vizinho? Que estrondo teria sido aquele? Ruído grande assim nunca tinha ocorrido. Cheguei a pensar além... muito além da minha imaginação. Os meus pensamentos foram para um lugar tão distante, que não alcancei as respostas.

Ao constatar que eu não conseguia resultado na investigação, relaxei... O acontecido não era tão "elementar, meu caro..." como parecia. Pelo tamanho da habitação, não havia muitos lugares para eu procurar. Resolvi deixar o assunto de lado e continuar minhas atividades matutinas, torcendo para que o caso fosse descoberto automaticamente. Tudo é uma questão de tempo. Aquilo não poderia transformar-se numa incógnita definitiva.

Depois de algum tempo, já "quase esquecida" do ocorrido, fui ao banheiro. Ao entrar, eu vi... um objeto redondo com relativo brilho frontal. Peguei a pequena peça metálica nas mãos, observei-a ... o verso era opaco. Olhei ao redor para verificar se a coisa poderia ter chegado ali pelo lado de fora, e concluí que não.

O tal objeto de alumínio, pelo visto, fazia parte do meu "patrimônio" e, após quase quinze anos de morada conjunta, eu não o conhecia; era um estranho. No entanto, estava ali, diante de mim e era real. Seria parte de algum objeto voador não identificado?

Novamente, resolvi esquecer; eu não podia perder tempo com casos inexplicáveis; eu encontrei algo que não se encaixava em absolutamente nada. Agora, eu tinha um susto e uma peça.

Num determinado momento, ao abrir uma porta, entre a sala e o banheiro, segurei na maçaneta redonda e a senti diferente... rústica. Aquela bola que eu usava para abrir e fechar a porta era íntima e ela sofrera alguma alteração.

Foi nesse momento que comecei a desvendar o mistério.

Descobri que a maçaneta da porta não tinha miolo, fato que eu ignorava até o momento, e agora ela estava sem a tampa que cobria o seu vazio. Foi dali que partiu... POU! Da forma violenta que se soltou, transformou-se em uma arma! Como é que algo tão perigoso faz parte de uma residência?

Será o início da revolução das maçanetas? Assim, não tem campanha de desarmamento que consiga obter sucesso total.

Se eventualmente eu estivesse no banheiro na hora h, poderia ter sido o meu fim.

Alguém merece ser vítima de uma tampa de maçaneta?

Alô... Alô! Responde...
01/12/2004

Que o telefone celular veio para ficar ninguém deve duvidar. Cerca de 60 milhões de brasileiros já possuem esse aparelho, considerando inclusive aqueles que têm dois, um para o trabalho e outro para o lazer.

Alguns fabricantes desse instrumento telefônico dizem que não existe "absolutamente nada", nenhum perigo, relacionado às doenças como problemas neurológicos, câncer, surdez, esterilidade masculina, tremores e distúrbios do sono. Esses assuntos foram levantados no Fórum de Fabricantes de Aparelhos Móveis, visando principalmente àqueles que usam o celular em excesso. E vício é vício, diria o "Homem do Malboro".

As novidades tecnológicas ditam modas e criam necessidades e, na inexistência de leis para regulamentá-las, no caso, esses celulares transgressores ficarão totalmente fora de controle.

Para brecar o uso descomedido do " ex-tijolão", foram criadas várias leis para que se cumpra o respeito ao silêncio alheio.

Não pode ser usado em sala de aulas, bibliotecas, cinemas, postos de gasolina, ao volante e, agora mais recentemente, em cultos religiosos. A proposta não é para castigar e, sim, para conscientizar os fiéis a ter mais dedicação. Existe multa de R$ 400,00 para quem deixar o celular ligado dentro das igrejas e templos. É a disciplina aplicada via bolso. Esse sermão é infalível; ninguém desobedece.

Entretanto, para aplicar a multa, é necessário ter fiscalização, eis a primeira dificuldade... e, até o fiscal chegar, o fone móvel já se moveu com o seu dono para outro espaço.

Quem diria que "um tijolinho que fala e escuta" tivesse tanta força!

Imagino algumas cenas que poderiam ocorrer em locais religiosos; porque como sabemos o "hábito faz o monge".

No início do culto, o religioso muito jovial diz:

– OI... irmãos, estamos aqui reunidos para mais um dia de celebração especial.

Ao perguntar ao noivo se ele aceita a noiva como legítima esposa, ele responde:

– CLARO!

Na hora de brindar com o champanhe, ouve-se o som do:

TIM! TIM!

Imaginem o susto se, num velório, ao "ouvir" o toque do celular, o morto "gritar":

– Estou VIVO!

Mas, falando sério, tem gente já sentindo que a proibição do fone móvel em alguns locais religiosos é um verdadeiro castigo, uma penitência... e, pensando bem, não sobraram muitos lugares públicos disponíveis.

Acredito que, por esse motivo, algumas pessoas relutam em comprar um telefone portátil usado no sistema de rádio celular, mas com o passar do tempo acabarão cedendo a esse modernismo.

O uso do celular ainda terminará como a campanha para economizar energia elétrica e água... "se você souber usar, não vai faltar lugar".

Flashes no centro de São Paulo
08/12/2004

Neste mês de dezembro, encerram-se as comemorações do 450º aniversário da cidade de São Paulo.

A cidade não está deitada em berço esplêndido, não tem tempo para isso. A pessoa que é um pouco observadora conseguirá ver e sentir a efervescência e a loucura existentes. Tudo num só caminhar, mas em vários olhares.

Falando em maluquices, segundo Bernard Shaw, "Precisamos de algumas pessoas malucas; vejam só para onde as pessoas normais nos levaram".

Na Praça da Sé e entorno, lugares ainda desconhecidos para muita gente, acontecem coisas que podem ser detectadas entre os passos apressados, mas atentos.

Pelo local, caminham advogados, lojistas, professores, semtetos, sem esperanças, desempregados, sub-empregados e, enfim, quem quer e/ou tem necessidade de ir ou não ir a algum lugar.

O malabarista, que amarra a corda em dois pés de coqueiros para fazer o seu número de equilibrista no varal, lembra-nos que também, por motivos múltiplos, vivemos constantemente na corda bamba.

Turistas e curiosos lêem no marco zero os nomes dos estados que fazem divisas com São Paulo e situam-se com as terras onde nasceram.

Os sinos da catedral chamam todos os dias os fiéis à missa e os infiéis à pressa ou à preguiça.

Pregadores gritam versículos do Apocalipse e, para fazer valer a força das palavras, batem com vontade na Bíblia, que, coitada, não tem culpa de nada.

Na rua do Barão, ouro e prata... quem quer comprar e quem quer vender?

Enquanto isso... a miséria, a fome e a morte caminham soltas e, ao mesmo tempo, unidas pelas ruas e praças.

Um homem fica todas as manhãs sentado na calçada, sempre a mesma, a gritar: – Me dá um real pra tomar café! Tem uma voz fina de furar o tímpano. Ele conhece o apelo do grito e o preço do café.

O rapaz "estátua viva" de cor cinza, representando o deus Mercúrio, destaca-se dos outros que fazem performances semelhantes. Ele é, sem dúvida, o mais bonito, o mais sensual, o mais teatral, o mais endinheirado... porque, ao contrário do que se pensa, as pessoas que o assistem sabem valorizar a melhor arte.

A prostituição juvenil e a balzaquiana sobrevivem em luz plena do dia... diariamente... quer chova, quer faça sol.

Atrás do Pátio do Colégio tem uma horta e próximo da Rua do Carmo tem um canteiro de rosas... Alguém consegue imaginar pés de chuchu, abóbora, couve e muitas rosas de todas as cores em pleno centro da cidade? Pois é... são plantados e cuidados pela Polícia Militar...

Beija-flores beijam flores nas sacadas dos escritórios.

O sambista, senhor bom de samba, dá espaço para quem chega e quer tocar pandeiro; não se importa com a procedência... chegou, pode tocar. "Taí, eu fiz tudo pra você gostar de mim".

A música é um alerta da cidade para aqueles que por ela passam.

Em 25 de janeiro de 2005, São Paulo comemorará 451 anos e, diversa em acontecimentos, a cidade é, com certeza, uma *Boa Idéia*.

"Então já é Natal?...
E Novo Ano também?"
14/12/2004

"Se você conhecesse o Tempo como eu conheço", disse o Chapeleiro, "não falaria em desperdiçá-lo, como se fosse uma coisa. É um *senhor*."

É pensando neste trecho do livro *Alice no País das Maravilhas*, de Lewis Carrol, que estou a refletir sobre a rapidez dos dias, das horas, da vida...

Parece que foi ontem... panetones expostos nos supermercados (primeiro sinal de que o Natal está se aproximando), os presentes, as reuniões familiares e, entre amigos, os enfeites, as compras, as comemorações nas ruas, nas residências, nos canais de televisão, nas rádios... vários detalhes indicando que as festas chegaram.

Em todo final de ano, temos a ilusão de que no próximo período de 365 dias tudo será diferente, de preferência... mais feliz.

É sempre uma surpresa, uma indignação, alguém dizer que não gosta do Natal e do Ano Novo. Muita gente não se sente à vontade, durante esses festejos. Porém, esconde esse "segredo" a sete chaves e, por não poder se expressar livremente sobre o assunto (para não ser considerado um extraterrestre), quando menos pensar, estará completamente envolvido com os perus, uvas passas, nozes, frutas natalinas e outros afins.

Por mais descrente ou reticente que uma pessoa seja em relação à época, não tem jeito. Só conseguirá se afastar das festividades aquele que for um eremita convicto e que fugir sozinho, para além da civilização.

Comemorar, no sentido exato da palavra, significa solenizar, recordando. Tem lógica... É tempo de se lembrar do nascimento de Jesus Cristo. E no Ano Novo recordar e dar passagem para o novo onde tudo recomeça.

Quando um ano chega, o outro parte, ou vice-versa. Estaremos, por um acaso, desmemoriados que esquecemos de um nascimento tão importante e dos nossos feitos durante os dias do ano?

Só conseguimos recordar uma data quando a marcamos com um círculo no calendário?

E se nós fizéssemos o contrário disso tudo? Se comemorássemos todos os dias e deixássemos somente um espaço de 24 horas por ano para não memorar? Esse dia poderia ser usado para descanso e reflexão. Evidentemente, de quatro em quatro anos, no bissexto, teríamos dois dias.

Numa das versões de *Alice no País das Maravilhas*, é citado o "desaniversário", ou seja, a celebração da vida durante os 364 dias do ano. Segundo consta na história, as personagens são a Lebre Maluca e o Chapeleiro Louco.

Muitos dirão que "uma vida inteira festiva é muito sem graça ou louca". Estar contente e reunir-se todos os dias, com aqueles que nos querem bem, pode não ser bom?

Não sei se estou apta para concluir essa tarefa, quase interminável, de escrever sobre o Natal e Novo Ano. Portanto, vou indo para aproveitar esses dias que faltam para as festas de fim de ano e para pensar, maduramente, sobre o meu viver...

A você, querido leitor, espero que complemente e encerre o seu ano com o melhor que almejar. E, se desejar, pode concluir esta crônica, interativamente, como se fosse sua também...

No início do Novo Ano, nos reencontraremos... comemorando...

Filosofando na Fila do Banco
04/01/2005

Dizem que os brasileiros, principalmente os paulistas, gostam... adoram... veneram filas. Isso não passa de lenda. É história de quem tem "nariz comprido" e defende a própria causa.

Eu, normalmente, utilizo os serviços automáticos – caixas eletrônicos – e tenho tido muita sorte porque, em geral, alguns deles funcionam.

Pela internet, as operações bancárias são bem mais rápidas. Mas, pensando na relação custo x benefício, quando vejo os comprovantes impressos com a minha tinta, desisto dessa modernidade. Lembro-me de que alguns estão mais ricos e o povo, a cada dia, mais pobre.

Quando há necessidade de enfrentar uma fila, eu faço uma administração prévia do tempo. Ou seja, altero os compromissos para as três horas subseqüentes, almoço antes; transfiro as ligações do telefone fixo para o celular e levo um livro, de preferência, com mais de 100 páginas. Tudo isso para participar de uma verdadeira maratona...

Semana passada, fim de mês, preparei-me... Tomei coragem e fui para uma aventura num BGB – Banco do Governo Brasileiro. Relutei muito para tomar essa decisão importante, mas é o único lugar, no meu caso, que faz certo tipo de recebimento. Sem opção... Cheguei às 14h10! Percebi que o gerente, um senhor franzino (nada contra os franzinos; é que eles nos passam uma sensação de fragilidade), estava antes da porta, com a função de controlar a entrada das pessoas. Para essa finalidade, segurava firmemente uma corrente amarela... de plástico.

Entrei sem que nenhum sensor tenha me impedido. Cá entre nós... não dá uma ansiedade? Será que vai apitar ou não vai? Ser barrado na porta é, realmente, "uma saia justa", mesmo para aqueles que usam calças.

Nessa agência, localizada no centro da cidade, existem armários externos com chaves, onde é possível guardar os pertences. Achei o máximo!

A tecnologia desses bancos governamentais, e também dos privados, aparenta ser moderna; porém, na maioria, é obsoleta e os serviços são excessivamente burocráticos. Nada está ali para facilitar. Uma colega de fila disse que dois dias antes estava tudo parado por "falta de sistema". A moça estava irritada porque no dia anterior tinha voltado ao local e a caixa disse-lhe que, por alguns motivos, não poderia fazer os cálculos. Aquele era o seu terceiro dia no espaço. "Caso não recebessem os impostos", dizia ela, estava com planos para enfrentar qualquer um na pancada, menos o gerente, por causa da aparência frágil; ou talvez ele fosse eleito o primeiro, pelo mesmo motivo...

O que pode existir de melhor numa fila são as pessoas que nela conhecemos. Podem surgir amizades, namoros, trabalhos, inimigos... etc.

Em geral, as conversas surgem com as reclamações pela demora e descaso da instituição, pelo absurdo que é ficar horas em pé numa fila para fazer pagamentos. Desembolsamos a grana e ainda somos punidos, sem dó nem piedade...

Depois, os comentários vão se amenizando. Surge uma relação de cooperativismo – um por todos e todos por um – desde que ninguém ouse furar a fileira, evidentemente.

Todo mundo sabe que vida de *office-boy* não é moleza. Por isso, eles arrumam estratégias para descansar um pouco enquanto esperam. Uma parede, um chão... são sempre bem-vindos.

Dois deles sentaram-se no chão e iam "se arrastando como cobras". Um alegre, dando risadas, e o outro compenetrado, lendo um livro sobre a história da Bíblia. Não pude deixar de dizer a ele... que, pelo andar da fila, daria até para ele ler a Bíblia na íntegra, do Gênesis ao Apocalipse.

Houve até uma proposta para todo mundo ficar *zen*... E iniciaram uma meditação coletiva...

Nesse dia, nem as pessoas preferenciais tiveram o direito garantido de atendimento rápido. O caixa saiu e quase não retornou... Alguém da fila "normal" disse até que o funcionário tinha morrido pelo meio do caminho, tamanha era a demora.

Há uma lei dizendo que meia hora é o tempo tolerado para uma pessoa ser atendida, independente da condição e idade. Os protestos eram... "se nem no banco do governo as leis são cumpridas!". A maioria deles prega a responsabilidade social, que só funciona como propaganda, porque, na prática mesmo... na própria casa, compromisso com os clientes é assunto desativado.

Um homem, que tinha ido ao Banco só para fazer um depósito, querendo fazer inveja, disse que um amigo dele se aposentou e foi viver na Bahia, e que lá não havia filas... Disse, também, que ele pretendia fazer o mesmo. Estava contando os anos... Muitos responderam que aquela vida com rede e água de coco também não era boa coisa... "Harmônico demais".

Às 15h45, finalmente, chegou a minha vez. Na boca do caixa, a moça olhou a guia do imposto, olhou novamente, numa profunda análise (dando até medo) e disse que estava faltando um pedaço do papel e que não poderia receber. Eu disse que tinha tirado a segunda via na Prefeitura e que, realmente, não tinha percebido que a impressão estava cortada. Sugeri a ela que ficasse com a via do contribuinte e que me desse a outra parte incompleta. "Não posso!" – foi a resposta.

Quando eu já estava na rua, encontrei um rapaz simpático, que estava a duas pessoas na minha frente na fila. Solidário, perguntou-me se eu tinha resolvido o problema. Respondi que estava indo novamente para a Prefeitura buscar uma guia inteira.

O moço estava vestindo um uniforme branco e observei que no bolso constava a seguinte frase: *Carpe diem – Empório*. "Aproveita o dia"...

No dia seguinte, eu, pela segunda vez, faria o mesmo caminho...

Mentir é feio?
14/01/2005

Vamos ser honestos... quem nunca mentiu ou mente? Será que todos falam exatamente aquilo que pensam o tempo todo? Às vezes, não contam uma mentirinha nem para si próprios? E a omissão – que é uma forma simples de mentir – também não?

"Mentir é feio!" – é o que nos dizem desde crianças. Quando crescemos, contrariamos o filósofo Platão, que reconhecia a existência do belo por si mesmo, e passamos a praticar, livremente, o que é feio.

Esses comportamentos são particulares e psicológicos; portanto não vou questionar o hábito de mentir para a família, amigos, amores... Pode-se considerar nesses casos, na maioria, a mentira "inocente", ou seja, sem o propósito de prejudicar outras pessoas, ou até para resguardá-las. Dizem que a vida necessita de um pouco de mentira, porque ninguém suportaria a verdade nua e crua durante vinte quatro horas por dia.

Sempre é bom lembrar que as pessoas que nos enganam, normalmente, são aquelas em quem confiamos. Se o indivíduo for um inimigo declarado, a tendência é não acreditarmos nele desde o primeiro momento.

Atualmente, minha preocupação não é com os mentirosos caseiros e, sim, com aqueles do mundo das empresas.

Em todos os lugares, existem farsantes profissionais, ou profissionais farsantes, e não tem código de ética que dê jeito.

A compra de algum produto (ou de um serviço) pode mudar, num passe de mágica, de algo prazeroso para um verdadeiro inferno.

Somos vítimas de maus profissionais, que mentem sem vergonha. Prometem uma coisa, que inclusive consta em contrato, e simplesmente não cumprem.

Alguém se lembra de alguma desculpa esfarrapada dada por um vendedor ou gerente de loja, quando reclamamos que a mercadoria não foi entregue no prazo estabelecido?

A culpa, segundo o "responsável", é de qualquer um... da chuva, da greve de motoristas, do funcionário que "desapareceu" com o pedido, do aumento internacional do petróleo.

Procurando proteger os próprios interesses e para não assumir os erros... mentem. Há tanta veracidade no pretexto que, geralmente, acreditamos... ou fingimos acreditar, até para nossa própria sobrevivência.

O mentiroso promete a entrega para o dia seguinte... e no outro dia estamos no local, esperando... com um fio de esperança e já querendo nos livrar do assunto, do gerente, enfim de tudo que envolva o problema.

Perde-se ainda mais tempo e dinheiro para denunciar e tentar receber o investimento numa compra não atendida. Mas ela se resolve de uma ou de outra forma.

O mais difícil é lidar com o trapaceiro profissional. Aquele que enrola mais que "novelo de lã para fazer casacos para elefante". Esse tipo é dócil, amigo, benevolente, estrategista e para cada pergunta tem uma resposta na ponta da língua. É um sujeito que se sente acima de qualquer suspeita. Fala como verdadeiro aquilo que é falso. Usa diariamente uma "máscara grudada na cara". Recebe o dinheiro alheio e não entrega o prometido, mas não diz nem morto que não vai fazê-lo. Está sempre pronto para servir. "Estamos trabalhando com os nossos maiores esforços", diz ele. É o coitado da história. Não tem receio de perder os bens; não tem nada no nome dele mesmo... Tudo dele é tomado por "empréstimo" ou consignação. Esses casos dificilmente se resolvem.

Há poucos meios para se extrair alguma coisa dos mentirosos de carreira. Eis três dicas que, talvez, possam neutralizá-los.

1) Não suportam cobranças diretas (olho no olho).

2) Odeiam ser desmascarados.

3) Detestam ser enganados.

Portanto, se você tem alguma questão para solucionar... Mãos à obra!

Driblando os cocôs das calçadas
19/01/2005

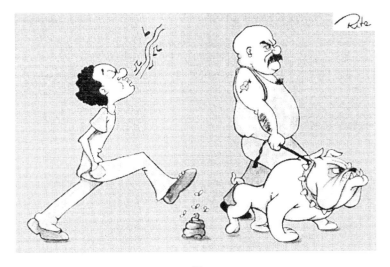

Freqüentemente eu recebo sugestões de temas para escrever as crônicas.

Estou quase atuando como uma espécie de *ombudsman-cronista,* "uma representante do cidadão para receber e investigar os problemas e reclamações da população".

Semana passada, encaminharam-me o seguinte texto: "Outro dia, vi um poodle lindo! Um cachorrinho esperto, amarrado num poste, enquanto o seu dono fazia compras. O animalzinho ficava em pé e fazia peripécias causando admiração e ternura aos transeuntes. Porém, quando o proprietário do filhote voltou e percebeu um 'inconveniente monte' próximo às suas patinhas, começou a xingá-lo de feio e porco. De canídeo, passou para suíno com extrema rapidez. No entanto, o senhor do cachorro saiu de mansinho, deixando a 'marca registrada' do seu 'lindo' na calçada".

Diante da solicitação urgente para que eu escrevesse sobre as sujeiras nas calçadas, não pude mais adiar, apesar do mau cheiro que esse assunto poderá causar às narinas de muitos.

Que as ruas da cidade são infectas, é uma realidade. Há uma feira de "produtos" intestinais e urinários de animais e, muitas vezes, também de humanos que, despidos das aparências, fazem xixis e outras borras nas calçadas.

Será que surgiu uma nova modalidade de banheiro – sem paredes – para ser utilizado em pleno céu aberto? Logo, logo... aparecerá alguém comercializando pedaços de papel higiênico, para atender à demanda.

Nossas calçadas não servem para caminharmos e nem de modelo para nada. Além dos buracos, a cachorrada, que é levada pelos donos para passear e se exercitar no "bosque de concreto", ali deposita fielmente os seus excrementos.

Se, pelo menos, os animais fossem mais conscientes e fizessem suas porcarias dentro dos buracos das calçadas, os nossos dribles seriam mais fáceis. Mas, não... eles escolhem logo um lugar limpo; não gostam de lugares fedorentos, pois têm instinto de higiene aguçado.

Nós, pedestres, que já temos inúmeras dificuldades a vencer pelo caminho, tais como os camelôs e cocolôs, ao saltarmos certos obstáculos nem sempre obtemos sucesso. Ou nossos pés saem "engraxados" ou param torcidos. Isto é, sem pensar na hipótese das duas coisas acontecerem simultaneamente.

Não estou declarando guerra aos cães que defecam nos locais públicos. Se eles forem capacitados, poderão cambiar a fama pejorativa de porquinhos para limpinhos. E, de acordo com os meus conhecimentos, os cães não sabem recolher suas matérias fecais... nem sempre sólidas. Algum humano deve fazer isso por eles.

Algumas transgressões perigosas, cometidas pelos donos de cachorros, até hoje têm passado impunes; porém, a fiscalização tem informado que está limitando a liberdade dos caninos que saem de casa sem focinheira e sem coleira. Apareceu uma luz tênue no final do túnel!

Mas continua liberado ao cão sair sem a fralda e ao dono sem a pá para recolher os dejetos.

Não desejo transformar os cachorros em vilões; não são eles que cometem "pequenos delitos" e agem contra os cidadãos. Vejo-me obrigada a "soltar os cachorros" em cima dos irresponsáveis possuidores de cães.

Imagine o susto que uma pessoa leva ao dar de cara com uma "fera" sem focinheira, sem coleira e, ainda por cima, defecando... Isto é, enquanto o canino estiver fazendo suas necessidades fisiológicas, ficará devidamente ocupado. Nesse caso, pisar em um cocozão é o melhor que pode acontecer. Ou... "pernas, para que vos quero?".

De qualquer forma, acho que as coisas andam bastante fedorentas e desordenadas... pois em alguns corredores abertos e em bancas de jornais... há uma placa: "É proibido cagar aqui". É uma linguagem chula, bem verdade, mas quem sabe assim funciona. É um aviso curto e grosso.

Consta na história canina que os cachorros podem ser educados pelos humanos. Mas não há nenhuma informação sobre cachorros leitores. Cachorros ainda não sabem ler!

Visite regularmente...
o dentista!
27/01/005

A minha dentista sempre conversa com os pacientes sobre a prioridade que devemos dar aos serviços dentários. A cada dia, eu dou mais razão para ela.

Por vários motivos como o medo, a falta de dinheiro e outros, vamos protelando um encontro odontológico e, quando menos percebemos, os nossos problemas bucais podem ter aumentado significativamente.

Existem alguns traumas difíceis de superar e, somente quando encontramos um profissional que, além de competente tecnicamente, sabe entender e se relacionar com o cliente, podemos entregar nossa boca aberta a ele, com leveza e desprendimento.

São várias as etapas para um tratamento dentário. Vai do tempo passado na cadeira do consultório até os cuidados necessários para a manutenção diária da cavidade que forma a primeira parte do aparelho digestivo.

Ninguém costuma comentar muito sobre a situação dos dentes. É algo quase confidencial, mas existem alguns casos engraçados, como dentaduras perdidas em meios de transporte ou um dente que cai numa hora indevida.

É cômico depois do caso passado... mas, no momento em que um dente se solta à revelia, dá a maior insegurança e constrangimento.

Imagine o desespero de um professor ao perceber que o seu dente da frente não está no local devido ou que ele saiu voando pelo ambiente. Ocorrem duas perdas: a da compostura e a do dente.

Um dente sem rumo pode ir parar em território nunca outrora explorado e pode gerar prejuízos morais e econômicos.

Li recentemente num jornal que um restaurante italiano vendeu pizza com um dente humano assado na borda. Eis aí um exemplo de um dente mal direcionado e, quem sabe, mal intencionado. Foi parar em lugar errado, na hora errada.

Esse acontecimento, lá na Itália, gerou uma multa ao dono da pizzaria de quatro mil dólares, por falta de higiene, mesmo ele dizendo que não sabia como o dente foi parar dentro da massa.

O advogado apelou, dizendo que "não seria possível forçar os funcionários a irem diariamente ao dentista ou amarrarem uma tampa na frente da boca".

Pensando nisso, a solução para que um infortúnio desses não ocorra por aqui (apesar de eu ter dúvidas sobre a existência de uma multa e de seu valor), as empresas deveriam estimular, inclusive financeiramente, seus funcionários a fazerem uma visita periódica ao dentista. E, especialmente naquelas que trabalham com alimentos, os colaboradores deveriam ter sempre uma máscara à boca, fazendo parte da sua vestimenta.

Para que o mundo veja com bons olhos as boas bocas do nosso povo sorrindo, por ser brasileiro, necessitamos, antes de mais nada, estarmos bem alimentados e termos bons dentes.

Independente da sensação estranha que senti ao ler a notícia sobre o dente "massificado", eu continuo gostando muito de pizza, para mastigá-la com os meus dentes, é óbvio.

A febre juvenil da volta às aulas
02/02/2005

Início de fevereiro... As férias escolares estão praticamente encerradas.

Logo depois do carnaval, tudo volta à normalidade. Mais trânsito, menos barulho nos condomínios, menos *games*, internet e televisores ligados.

Estamos vivendo o ápice das compras de materiais escolares, roupas, tênis...

Quando se trata de crianças, é "fácil" deixá-las em casa e sair com uma lista para checar os preços, a fim de optar por aqueles que aparentam ser mais vantajosos.

Para escolher, em companhia dos filhos pequenos, é mais complicado. Já vi uma menina de oito anos brigando com a mãe por uma determinada caixa de giz de cera.

Os valores, entre uma loja e outra, podem chegar a uma extravagante diferença de 250% ou até ultrapassar esse percentual.

Para os jovens, o assunto voltar às aulas é outra conversa. Eles têm milhares de preocupações, muitas delas que os pequenos ainda não têm.

Os mocinhos e as mocinhas iniciam o ano letivo com novos sonhos, novas expectativas de outras amizades... e querem fazer bonito para serem aceitos pela comunidade escolar. Afinal, a convivência na escola é de grande importância para toda a vida.

Comprar determinados produtos é uma "febre de ouro" que se alastra. Um telefona para o outro do seu celular, normalmente, da mesma marca. E fazem uma pesquisa prévia para saber das escolhas, das possibilidades e justificativas.

Os argumentos, utilizados pelos pais para convencer os jovens que as aquisições serão efetuadas pelo menor preço, nem sempre são bem aceitos. Ficar em casa sem participar do processo de compras, nem pensar... os jovens, ainda não universitários, alegam que os "detentores do dinheiro" nunca sabem exatamente aquilo que eles querem. Muitos deles pedem a verba para efetuarem as compras sozinhos.

Também pudera, são tantas as seduções. Os fabricantes apelam para os materiais sofisticados; emborrachados, brilhantes... e da "moda", incluindo-se as marcas famosas de filmes, refrigerantes, brinquedos e jogos.

Os preços desses produtos "especiais" elevam-se abruptamente, mas, segundo os compradores juvenis, são justificados. "Andar" com tantos famosos nas mochilas, cadernos, fichários, lapiseiras e borrachas é muito legal. Persuasão é coisa que não falta.

Os fabricantes pagam altíssimas cifras para ver os seus produtos "dançando" nas telas das televisões. Mas sabem que é um investimento que compensa. Conseguem vender um caderno com uma imagem de filme, muito mais caro que uma de gatinho e, ainda, conseguem retorno publicitário "espontâneo". Compensa ter os jovens como "divulgadores" de suas marcas.

Fiz um teste com uma jovem que irá cursar a oitava série. O seu desejo de comprar materiais básicos, exceto os livros – porque são cedidos pelo governo –, perfazia um total aproximado de R$ 210,00.

Porém, de acordo com essa jovem, ela substituiria todo esse material que faz parte do seu sonho e de qualquer adolescente por um *notebook* que custa cerca de R$ 5.229,24, só para levar à escola.

Dentro da realidade, ela só gastou nas compras cerca de R$ 50,00. Comprou sozinha, quase tudo sem marca, mas, igualmente moderno e bonito. Se bem orientados, esses mesmos jovens são capazes de comparar preços e escolher as melhores ofertas conforme o poder aquisitivo familiar. Sem apelar para o mercado paralelo, que faz a festa vendendo produtos piratas, e para os crediários que oferecem de tudo para ganhar um cliente.

E eu digo o quê? – A febre não passou...

Vamos descascar abacaxis?
16/02/2005

O que é, o que é? Tem coroa, mas não é rei...

A nossa habilidade brasileira para descascar abacaxis está se perdendo? Estou referindo-me ao fruto. Foi criado o "gomo de mel", um abacaxi que possui gomos que podem ser destacados com as mãos, sem auxílio de faca. Que moleza!

O meu receio é de que essa boa nova caia demasiadamente na simpatia do povo. Acostumados que somos com tarefas árduas e ácidas, encontrar algo tão fácil e doce pela frente... pode se transformar em um abacaxizeiro maior que o normal.

Particularmente, já não gosto desse abacaxi (não que eu não seja adepta às mudanças). Uma fruta adulterada e com gominhos milimetricamente descartáveis? Não desejo para mim... Quero saborear um pedaço suculento, aquele que é servido no estilo de sorvete. Você ainda não conhece? É o ananás ou abacaxi tradicional, descascado e cortado verticalmente. Parece mesmo picolé. Delícia! O gostoso é a textura dada pela fibra da fruta. Está à venda no Mercado Municipal e nas esquinas da cidade. Isso é o que eu chamo de dar outra embalagem à fruta.

Será que esse tal abacaxi gomado mantém a fibra da fruta? Por onde será que anda o capitão (parte central do abacaxi)? Estarão esses "seres" adocicados sem comando?

Não estou subestimando a pesquisa e o trabalho que tiveram para se obter como resultado um abacaxi "desnudo". No entanto, uma coisa é apresentarem o produto, outra é ter a aceitação das pessoas. Alguém se lembra da melancia "sem semente"? "Não comi e não gostei". Tirar as sementes da melancia pode servir até para distrair ou irritar, dependendo do meu estado de espírito.

Seria mais interessante se descobrissem uma forma de nos livrarem dos abacaxis-problemas, porque para enfrentá-los precisamos de muita fibra.

Temos inúmeras questões para resolver... Por que ninguém inventa alguma coisa para facilitar nossa vida? Quero crer que os tempos estão ficando melhores... quero crer...

Mas, já perceberam os diversos abacaxis-econômicos que nos apresentam e quais são as atividades em crescimento?

Fecham-se livrarias e abrem-se farmácias... Fecham-se espaços culturais e abrem-se bingos... Fecham-se comércios e abrem-se financeiras... Fecham-se fábricas alimentícias e abrem-se fábricas espirituais... Viram quantos ananás temos em nossas mãos?

Se perdermos a prática de descascar abacaxis reais e nos tornarmos inábeis, nos daremos bem em certas empreitadas desagradáveis?

Segundo notícias, os pesquisadores ainda lutam para introduzir o novo abacaxi-açúcar no mercado. Se, para este que é fácil de engolir, está difícil... imaginem para os outros.

"O Havaí não é aqui", mas vivemos cercados de abacaxis por todos os lados...

Não dá para dormir no ponto
25/02/2005

Com a rapidez dos acontecimentos, torna-se cada vez mais evidente que não dá para dormir no ponto.

Dormir no ponto pode representar a perda de uma oportunidade de amar, de fazer bons negócios... ou seja, é deixar de agir no momento apropriado. Descuida-se e perde-se a chance que se apresenta diante do nariz.

Existem algumas situações que podem levar uma pessoa muito cansada, após um dia de trabalho intenso, a dormir em qualquer lugar – já vi gente dormindo em pé no ônibus e no metrô – nesse caso, além de dormir no ponto, pode-se perder o ponto na hora de descer.

Deitar-se num leito, em lugar e hora impróprios, também pode representar uma irreparável falta de cuidado.

"Ladrão dorme durante assalto, é acordado a vassouradas, surrado pela vizinhança e preso". Aconteceu em La Plata, Argentina. A polícia o prendeu e, com certeza, um cantinho onde não mais apanhasse foi tudo o que o dorminhoco, ao fugir dos moradores, ou melhor, na sua maioria um grupo formado por moradoras, desejou no momento. Foi falta de sorte ou negligência desse candidato ao troféu Soneca?

Há várias formas de se pegar no sono...

Dormir acordado é uma das piores sonolências, porque nem dá para perceber um estranho entrando em nossa casa.

Esse indivíduo sorrateiro que não é boboca e nunca dorme na calada da noite, nem às claras, aos poucos vai se apropriando do que lhe convém, principalmente quando percebe que o nosso comportamento é similar ao de perfeitos sonecas.

"Em algum lugar do reino onde tudo acontece..."

Para benefício próprio e aos afins, alguns do reinado planejam aumentar os seus salários e os nossos impostos e taxas, e demonstram nitidamente que não gostam de ser contrariados.

Assim, vão passando os meses, e os mandatários, que não dormem com o dedo no gatilho, atiram para qualquer lugar. Não interessa o objeto mirado, desde que não seja para o próprio pé ou umbigo. O importante é o resultado e que a caça seja opulenta.

Enquanto uns dormem outros ficam bem acordados... Os "acordados", que sempre agem em comum acordo, aproveitam-se do natural estado de sonolência dos "súditos" e tentam aplicar-lhe o "boa-noite cinderela", e muitas vezes conseguem...

Dessa forma, vivemos simultaneamente em dois contos de fadas: o da Cinderela e o dos Sete Anões...

Estão nos dando inúmeras "vassouradas" e nem deixam transparecer os hematomas.

Aos poucos observa-se um grupo despertando aqui, outro acolá, outro ainda se espreguiçando... mas, vamos acordando aos poucos.

Qualquer um merece dormir tranqüilamente, mas que não seja na cama alheia (exceções à parte).

Dá para dormir no ponto ou fora dele? "Aqui estamos, por vós esperamos"...

Parem a Poesia!
04/03/2005

Raramente eu legislo em causa própria. Mas a ocasião é propícia e solicita a minha interferência no assunto, se é que o meu parecer terá alguma valia.

Digo isso porque estou tendo a coragem de vir a público, despida de qualquer pudor, para defender a Poesia.

Que mal essa arte de escrever em versos fez aos brasileiros para ser marginalizada durante tantas décadas?

Se me perguntarem como é a aceitação da Poesia em outros países, eu não saberia responder na íntegra. Mas... eu soube através de um amigo russo que, na Rússia, os poetas declamam em bares, restaurantes e em outros espaços, e são bem recepcionados pelas pessoas. Da mesma forma que os estabelecimentos daqui oferecem a música, lá o "prato principal" é a Poesia.

Em filmes iranianos é notório o uso constante da linguagem poética. Por exemplo, o filme *O Silêncio* é Poesia pura. Segundo a explicação do diretor Mohsen Makhmalbf, o cinema iraniano tenta vender Poesia, enquanto o indiano vende sonhos e o ocidental deseja vender outras coisas.

Na película espanhola *Mar Adentro,* de Alejandro Amenábar, "um homem que procura a liberdade através da morte", ao expressar-se escrevendo poemas, toca a alma até de quem é insensível ou não é poeta.

Possuir "ouvido poético", além do musical, não faz parte da aptidão do brasileiro. Qual será o motivo?

O nosso povo não está habituado aos versos, pois eles – os poemas – estão praticamente banidos do currículo escolar, – há exceções –, ou são transmitidos de forma equivocada aos alunos que eles dispensam a Poesia para todo o sempre de suas vidas.

Compactuo com a opinião de muitos poetas nacionais quando dizem que a Poesia é a arte que leva à reflexão e à análise crítica dos fatos. Enganam-se aqueles que pensam que ela não proporciona às pessoas nenhuma forma de pensamento e sentimento e a consideram uma bobagem.

Seria infrutífero fazer uma lei, medida provisória ou tratado para proibir a Poesia; ela não aceita rédeas. Já existe uma "proibição" velada e, durante séculos, os poetas não se calam.

Assisti a um filme que me fez repensar ainda mais sobre a postura do país – por parte dos editores, meios educacionais e governos – relacionada à Poesia, e se estão fazendo algo ainda é muito pouco.

Em *Nossa Música* , filme de Jean-Luc Godard, fazem a seguinte pergunta: "– Pode um povo ser forte se não existirem os poetas?"

O veredicto é individual, mas a Poesia continua sendo para todos.

Vamos de ônibus?
10/03/2005

Na cidade de São Paulo, morar em bairros distantes e aventurar-se para ir trabalhar no centro é o que se pode chamar de prova de resistência.

Mencionarei a travessia da zona sul ao centro – de ônibus – que é a minha realidade, mas acredito que essa dificuldade seja igual em todas as outras zonas da capital.

Com muita sorte, a "viagem" pode ser feita em aproximadamente uma hora e vinte minutos. Em dia de muito trânsito, há um acréscimo de mais meia hora ou quarenta e cinco minutos e, em dia de tráfego menos intenso, dá para diminuir uns quinze minutos e trinta segundos.

Ficou difícil? Que nada! Complicado mesmo é calcular o tempo que se perde para enfrentar essa maratona diária dentro de um transporte ultra-lotado e sem nenhum conforto.

A sabedoria das pessoas que moram nos bairros deve ser bem observada, analisada e levada a sério. É uma verdadeira aula transmitida fora dos meios acadêmicos.

Um exemplo? Se, de manhã, na hora do "rush", um desses transportes urbanos – sentido bairro-centro – passa vazio pelos pontos e a maioria dos trabalhadores não o pega, desconfie...

Dependendo do comportamento do motorista, quando ele é um antigo conhecido, todos declinam do "convite" e preferem aguardar o próximo ônibus. Esperar outro carro, num lugar que já não tem muitos, na hora de ir para o trabalho? Não é estranho?

Como eu tenho o horário flexível e não conheço muito bem quem transporta quem, já entrei nessa "canoa" furada. Às oito horas da manhã entrei num ônibus vazio e, somente depois de alguns minutos, entendi o porquê das pessoas o deixarem passar e ficarem no ponto esperando outro.

O motorista é um homem alegre, mas "esquece" que os paulistanos vivem apressados e vai pelo caminho contando "causos". Aos poucos, os desavisados (como eu) vão entrando no veículo.

Alguns riem com a conversa fiada e outros se desesperam com a demora.

O "Tiozinho" dirige como se estivesse passeando pelas avenidas, feliz e satisfeito com o trabalho, e vai causando angústia aos passageiros por se dispersar do objetivo do seu cargo e, ainda mais, por anunciar vários lugares por onde passa...

Ao se aproximar do Parque Ibirapuera, o guiador informa: – *Parada Central Park!* Próximo da Av. Paulista: – *Parada Wall Street!* E, entre outras "paradas", ao chegar finalmente na Praça da Sé: – *Chicago! Podem desembarcar! Mas, cuidado!*

Esforçando-se um pouco, dá para entender que, para dirigir diariamente nesse trânsito caótico, há necessidade de se obter uma válvula de escape. Porém, como o povo sempre tem hora marcada, o "passeio" transforma-se imediatamente em nervosismo elevado ao quadrado.

Durante todo o percurso, à medida que as histórias do motorista se desenrolam, dá para se ouvir as preces e os conselhos das pessoas que falam para si mesmas e para os vizinhos de banco:

– *Tô com pressa! Ai, meu Deus do Céu! Anda, Meu! Vou chegar atrasado! Parece que não sei!*

Um rapaz levantou-se do banco e falou para os passageiros: – *O Tio aí do volante é muito engraçado!*

O cobrador não se manifestava. Provavelmente, não achava a mínima graça.

Mas, cá entre nós, achei "essa excursão" muito engraçada!

O fio de cabelo voador
18/03/2005

Alguém sabe quanto pesa um fio de cabelo? Dá para pesar um fiozinho numa balança?

De qualquer forma, tratarei o caso do fio de cabelo que voou como uma ocorrência leve, no peso, porém, pesada pelo fato em si.

"O que parece ser a parte cheia de vida que nos emoldura o rosto e que da qual procuramos cuidar para ter uma aparência saudável – a fibra capilar – está, pelo contrário, biologicamente morta e não recebe qualquer apoio da raiz que a criou."

De tão interessante que o assunto é, "O cabelo descodifica-se" foi tema de uma exposição sobre cabelos, realizada em Portugal.

Não sei explicar e muita gente também não sabe, mas o cabelo, algo que, regra geral, está sempre lavado e limpo, exerce repulsa quando encontrado em alimentos ou bebidas.

Talvez porque, acredita-se, os cabelos, mesmo quando separados da pessoa, continuam mantendo um *vínculo de amizade* com o seu proprietário. Pode-se identificar uma pessoa através dos cabelos. Então, se aparece um cabelo dentro do alimento, seu "dono veio junto"?

Sábado à tarde... o Sol esconde-se e dá a vez para mais uma pancada de chuva.

O local propicia uma parada "obrigatória". Um café, um pátio cercado de árvores, um telhado de vidro, mesas decoradas com detalhes, tudo ao redor lembra uma cena parisiense.

Gente bonita e interessante; brasileiros, italianos e mexicanos com seus sombreiros. A água cai do céu e escorre pelo telhado de vidro.

O dia continua quente, acima de trinta graus, e sugere uma cerveja "long neck", de qualquer marca, uma torta *light* de espinafre e como sobremesa um doce de abóbora com sorvete.

Enquanto a chuva não passa, nada melhor do que aproveitar o tempo, o dia...

Tudo seguindo muito bem... o *garçon,* sorridente, atende prontamente. Na mesa, um copo quase cheio de cerveja, ainda por beber. Os raios riscam e iluminam o céu.

Ao olhar detalhadamente, percebe-se um risco no copo. Tênue como o fio da navalha. Ao tocar no fio... ele desliza, sobe e desce de acordo com o movimento do dedo.

– Ah, que nojo! Tem um fio de cabelo no copo!

Ficha técnica: o fio possui um corpo delgado e tem cerca de vinte centímetros; é negro, liso e bêbado, já que estava totalmente embebido.

O rapaz atendente aproxima-se rapidamente, e sorri entre os dentes. Meu fio não é, eu lhe disse mostrando meus cabelos curtos e encaracolados. Dele também não era, sem chance...

E não adiantaria culpar os mexicanos, pois eles ainda não tinham chegado ao Café.

O garçom, visivelmente constrangido, começou a refletir para dar explicações sobre o acontecido. Da cozinha não tinha vindo, pois todos usavam toucas. "Preciso descobrir para resolver as coisas e procurar melhorar", dizia ele. E não se cansava de pedir desculpas.

Segundo ele, há três hipóteses explicativas:

A primeira é porque os copos após lavados ficam de boca para cima; dessa forma, pode entrar fios de cabelos e bichinhos...

A segunda é porque a garçonete tem cabelos longos, lisos e pretos e somente os prendem; não usa a rede.

E a terceira, "a mais convincente", foi a de que o fio provavelmente teria vindo voando, sabe-se lá de que lugar, e caiu no copo que já estava na mesa.

A conta chegou... sem nenhum desconto e com os preços também lá em cima... voando!

Não chores por nós, Ray Charles!
23/03/2005

Não costumo nomear os "bois", mas desta vez vou fazê-lo. Por quê? Ah! Porque um dos envolvidos nessa história, quase tumulto, é o editor do www.revistaalmanaque.jor.br, José Venâncio de Resende, jornalista por profissão e paixão.

Domingo, quase outono, logo após o almoço, nada melhor que assistir a um belo filme, certo? Nem sempre.

Em cartaz: *Ray!* Cego aos sete anos, "encontrou seu dom num teclado de piano". Quem é que nasceu na década de 50 e não se lembra de suas músicas? *I can't stop loving you* é uma das mais românticas e favoritas. *Ray...* lindo! lindo! Sou tiete mesmo!

Normalmente, quando as pessoas pretendem ir ao cinema, costumam pesquisar o roteiro num jornal para verificar o horário e o local onde o filme está sendo exibido.

Em alguns casos, aparece no final da relação de filmes, com letras minúsculas, tipo aquelas que constam em contrato e ninguém lê por falta de lupa no momento, os seguintes dizeres: "sujeito a alteração, confirmar antes". Essa dificuldade de leitura atinge a todas as faixas etárias; não é exclusividade das pessoas maiores.

Onde está a consciência do bem e do mal neste país? Gasta-se para comprar o jornal ou acessar a internet, gasta-se para confirmar por telefone o que deveria estar mais que sacramentado e gasta-se para comprar o ingresso, que não é nada barato, mesmo àqueles que pagam 50% da entrada.

Local: Shopping Center 3, da Avenida Paulista, num daqueles cinemas com várias salas e onde passam vários filmes. Há no mínimo meia dúzia de cartazes e, se alguém bobear, pode entrar para assistir a película errada.

Na bilheteria, o vendedor mantém distância física e psicológica do comprador, falando por um microfone como se estivesse dentro de um aquário: "Qual é o filme? O senhor tem R$ 1,00 para facilitar o troco? Desejamos um bom espetáculo!". O sistema é de produção em série, a fila tem de andar. Não sei porque não instalam logo uma máquina de saque instantâneo de ingressos. É uma idéia.

Se eu bem conheço o mineiro Venâncio, afirmo a todos que ele é pontual. De acordo com o jornal, a sessão deveria iniciar às 14h45; posso apostar, por baixo, que às 14h30 ele estava por lá.

Chegou tarde, acreditem! O Venâncio e umas 50 pessoas chegaram atrasados! A sessão começou às 13h45. "O quê? Começaram o filme com uma hora de antecedência?", perguntaram indignados.

Meia dúzia de "gatos pingados" e, possivelmente escaldados ou que estava passando ao acaso, já estava comodamente assistindo ao *Ray*. A irritação dos "atrasados" foi geral; e que ninguém ouse dizer que foi estresse de gente que mora na cidade grande, porque alguns vieram até de outros municípios e por meios de transportes variados, inclusive táxi. Fã é fã, vai onde o artista está.

"A próxima sessão está destinada a outro filme", informou, em tom lacônico, o trabalhador da bilheteria. Ao término de uma sessão, principalmente quando o filme não tem muita procura, cessam a exibição daquele e iniciam a sessão de outro. E assim agem, numa sucessão. É um esquema da alta rotatividade, estilo casa da luz vermelha. Sai um, entra o outro... Ou a pessoa assiste no horário designado por eles, ou...

A confusão, sinônimo de revolta e barulho, estava formada. Alguns aspirantes a clientes foram maltratados pelos funcionários, que pareciam criar vida própria, pois até o momento agiam como robôs, utilizando frases prontas.

Os RS – Representantes do Shopping –, tentando apaziguar, disseram: "Desculpem-nos senhores! Nada podemos fazer, senhores! Está fora da nossa alçada, senhores! Por favor, mantenham a calma, senhores!"

"Falem objetivamente e sem jargões", contestaram todos.

Imediatamente, os RS formaram duas filas: uma para quem iria comprar ingressos normais e outra para os "daqui não saio, daqui ninguém me tira".

No espaço do shopping, como em muitos outros edifícios, o que não falta são os inúmeros olhos a laser e sensores de movimentos. Por isso, logo apareceram vários seguranças e até um bombeiro. Só faltou o exército, a marinha e a aviação...

Alguns integrantes do SF (sem-filme), mais exaltados, ameaçavam chamar a polícia e/ou a imprensa ou até mesmo invadir a sessão em andamento. Outros mais ponderados pediam para que ninguém perdesse a razão.

"Conversa vai, conversa vem", permitiram que as pessoas subissem ao piso superior para conversar com algum funcionário mais graduado, para, na prática, resolver a questão.

Emperrou! De novo a burocracia venceu! A moça mais graduada continuou o discurso e disse que nada poderia fazer, pois a sessão seguinte seria de outro filme, e até ofereceu entrada para qualquer outro da programação.

A inocente jovem desconhecia a capacidade de perseverança das pessoas que se uniram por uma causa comum num conturbado domingo. Todos tinham combinado que não sairiam dali até que encontrassem uma solução. Pressão Máxima!

A moça concordou em chamar um superior, o Chefe de Operações do Shopping (COS). Contou-se a mesma história e, após ouvi-la, o COS deu a mesma desculpa, porém de forma bem mais simpática e educada.

Num *insight,* uma mulher do G-50 (grupo dos 50) apresentou uma sugestão simples. Remanejariam a programação e abririam uma nova sessão para o *Ray,* após o término da que estava em andamento, sem prejudicar ninguém. O COS achou razoável e pediu um tempo para consultar o "oráculo". Em seguida, retornou e disse que a proposta fora aceita.

Todos foram convidados a voltar às 16h15. Além de ganhar o ingresso para o *Ray,* receberiam, no final do filme, um convite para trocar por uma entrada para o dia e hora que desejassem. Faturaram!

No horário marcado, estavam todos lá. Às 16h30, foi iniciada a segunda sessão do *Ray*.

"Valeu o esforço, pois foi a vitória da conjugação do código de defesa do consumidor com o estatuto do idoso", como bem lembrou um dos presentes.

"Foi válido pelo belíssimo filme e, sobretudo, prevaleceu o direito dos cidadãos brasileiros que ali estavam", concluiu Venâncio.

É isso aí, pessoas! "O povo unido jamais será vencido!"

É mentira ou não é?
31/03/2005

Que o dia 1º de abril é o dia mundial da mentira todo mundo sabe.

Essa data usada para pregar peças, que teria surgido no século XVI na França, dura até hoje. Há tantos mentirosos profissionais que um dia específico para comemorar a mentira não faz a menor diferença.

Os "bobos de abril" – é uma designação francesa –, no caso do Brasil, são os mesmos dos outros onze meses, ou seja, é sempre o povo. Continuamos divertindo os "príncipes e os nobres". A diferença é que são eles, "os ilustres da política", que contam as piadas e ao mesmo tempo dão belas gargalhadas. Não desejam "ver os dentes" dos plebeus; acham melhor manter o riso sob domínio.

Evidentemente que algumas brincadeiras inocentes são sempre bem-vindas, mas tenho a impressão de que, nos últimos tempos, os brasileiros não andam predispostos a sorrir de coisas que não têm a menor graça.

Será que houve uma vertiginosa "queda na bolsa" da auto-estima do povo? Ou o tombo, digo, rombo seria no bolso? O governo "prega" o discurso de que devemos ter mais amor-próprio e parece-me ter dado resultado positivo, somente para ele. Está certo isso que eu chamo de saber utilizar a auto-ajuda.

Consta na História que, na década de 60, o já falecido presidente francês Charles De Gaulle teria dito que "o Brasil não é um país sério". Será que ele quis dizer que somos brincalhões e exageradamente alegres? Ou será que se referiu a não ser sério como algo que não é honesto e digno de confiança em todas as coisas e negócios?

Uns dizem que ele disse a frase e outros dizem que ele não disse. Como De Gaulle já morreu, não será possível fazer a pergunta diretamente; ainda bem, vai que ele responde... Está claro que, se o general francês disse que "o Brasil não é um país sério", ele não estava brincando, mas generalizou.

Quem ainda acredita que é necessário criar novos impostos ou aumentar os "poucos" existentes para "resolver" problemas sociais ou que, para corrigir um percentual no Imposto de Renda, precisam buscar mais dinheiro no bolsinho do contribuinte? "Fala sério!"

Andam dizendo por aí que, se o governo reduzisse os gastos dos órgãos públicos e os benefícios dos seus pares e se cobrasse melhor as dívidas, teríamos mais dinheiro nos cofres públicos.

E é bem capaz disso ser verdade, porque li num órgão de imprensa que "Vasp e Varig, as companhias em dificuldades financeiras, têm hoje R$ 890 milhões e cerca de R$ 1,5 bilhão em dívidas previdenciárias (INSS), respectivamente". É grana, não?

Dizem que o governo pretende usar esse dinheiro adquirindo passagens para a classe política ir e vir do trabalho e, assim, vão abatendo a dívida. Economizarão nos desembolsos financeiros e, quem sabe, um dia os aposentados terão melhorias. Uma correção justa... quiçá! Vai demorar alguns longos anos, mas, como os aposentados não têm pressa, podem esperar ou irem questionar a frase "diante do general".

Será que o bobo da corte, também representado na carta do baralho como o Curinga, sabe que pode alterar as regras do jogo?

P.S. Se alguém achar que esta crônica é mentirosa escreva para o meu e-mail ou deixe o seu comentário no site, mas somente no dia primeiro de abril.

Tração Humana
10/04/2005

"Vivemos numa sociedade de consumo; toalha de papel, lata de cerveja, gente!"

Esta constatação é mencionada no filme "Giant". Em português, o nome do filme é "Assim Caminha a Humanidade", que foi rodado pela primeira vez nos EUA em 1956.

Hoje, para atender a demanda do consumo exagerado de bens e para se obter maior lucro num prazo mais curto, degrada-se o meio ambiente sem nenhum freio. Nestes últimos cinqüenta anos, essa é a realidade sobre o que vem ocorrendo à natureza e com extrema rapidez.

Os produtos são cada vez mais descartáveis e, segundo quem produz, é assim que deve ser para gerar mais consumo, para gerar mais produtos para se consumir mais, para se ter mais produção que, segundo a teoria, deveria gerar empregos, mas que na prática não ocorre de forma eficaz.

A fatia da humanidade que tem dinheiro consome sempre mais e, ao consumir, cria mais lixo e, ao criar mais lixo, não sabe onde jogá-lo e o lança para qualquer lugar.

Passa homem, passa, puxando com raça a sua carroça sem burro, sem graça! O que você leva papéis, papelões que compra e revende quase de graça?

E passa o homem, passa a mulher, passa o idoso, passa a idosa, passa a criança... usando os pés como freios, recolhendo o lixo que alguém lançou às ruas ou deixou nas calçadas.

O menino, de aproximadamente onze anos, que puxa a carroça, é o mesmo que é filho, neto, aluno, amigo, irmão, mas eu não sei se ele descobriu suas múltiplas ligações com o mundo ou se um dia descobrirá. Talvez chegue tão cansado na escola e em casa que será sempre o mesmo: o puxador de carroça.

É para esse menino que eu, através do vidro de uma janela, olho logo cedo e o vejo com expressão cansada a arrastar uma carroça quase do seu tamanho. É ele que me leva a pensar que eu não sei sequer o seu nome. Para mim, ele é o garoto do carro de duas rodas e a mesma criança que não deveria executar esse ou qualquer outro serviço. Nada mais sei sobre ele.

Mas, há muitas latas vazias e outros materiais que se transformam em dinheiro e que, após a reciclagem, voltam a ser produtos para que as pessoas possam novamente comprá-los.

O menino, como a maioria de nós, sabe que há necessidade de se ter dinheiro para comprar pão e leite... Desde pequeno, conhece o peso da responsabilidade!

Juntando aproximadamente um quilo de latinhas, de sessenta e quatro a setenta unidades, pode-se receber R$ 3,40 (três reais e quarenta centavos). O valor para o papel, extraído da madeira – cuja indústria deve ter o compromisso de replantio para preservar o meio ambiente –, e para os livros é bem menor: de R$ 0,22 (vinte e dois centavos) o quilo; nesse caso, o conteúdo intelectual da obra e o que estava escrito numa folha de papel solta ao vento não tem a menor importância. O que vale é o peso!

Diariamente... passam por nós, diante de nossas vidraças, dezenas de catadores, diversos em seus papéis, que, ao buscar ganhar um pouco de dinheiro, automaticamente fazem um grande favor ao meio ambiente e à humanidade. Recolhem o lixo que encontram nas lixeiras e também aqueles que foram jogados no chão, desordenadamente.

Passam sob o olhar de quem somente assiste, como se eles fizessem parte de um filme e seus sentimentos e movimentos existissem apenas dentro de uma grande tela.

"Os feios também amam"
15/04/2005

Qualquer criatura tem o direito pleno de amar e ser amada? E, afinal, o que é o amor? Qual é a capacidade que cada um possui para amar uma mesma pessoa durante toda a vida?

Não estou questionando o amor fraternal ou universal que, por ser incondicional, é teoricamente mais fácil de se preservar. Estou falando sobre o Cupido, porque segundo consta, "suas flechadas podem atingir qualquer um, não importa onde ou quando a pessoa tenha nascido".

Quem nem sequer viu pela televisão as bodas do Príncipe Charles com a Camilla Parker, a sua eterna amada, perdeu a oportunidade de assistir o que um grande amor é capaz de suportar e as barreiras que pode vencer. Foram trinta e cinco anos. É um longo período para duas pessoas que nunca perderam a esperança de um dia se unirem.

Não se poderia desejar que, de um dia para o outro, o casal ficasse junto definitivamente e que essa fosse uma decisão simples. Afinal, o amado é o Príncipe Charles e como tal deve submeter-se a uma série de normas, o que dificultou ainda mais o caminho para a felicidade.

Sempre ouvi falar desse amor principesco como um sentimento que não deveria dar certo. Anteriormente, Charles e Camilla casaram-se com outras pessoas e divorciaram-se. Existem vários detalhes dessas uniões que desconhecemos; o que sabemos é que eles nunca deixaram de se amar. Finalmente, ao contrário das previsões e rejeições não somente dos ingleses, uniram-se sem fazer questão de grandes pompas.

Para destacar a singeleza do Príncipe, ele pediu para que encomendassem o bolo de uma senhora de setenta e quatro anos, do povo, porque há mais ou menos um ano ele ficara encantado com uma torta de frutas que ela vendia no mercado.

O que mais incomodou os mortais do lado de cá do reino, no Brasil, foi o fato de a noiva não ser considerada uma beldade; isso segundo as "exigências" de quem se julga acima da fealdade. Alguns "príncipes e princesas da mídia", obcecados no propósito de estabelecer um padrão obrigatório de gente bonita e acreditando que somente os belos têm o dom de amar, inconformados, atribuíram a Camilla diversos nomes pejorativos. Tinham a intenção de ferir? Ferir quem? Será que alguém sonhou que os seus comentários pudessem eventualmente cair nos ouvidos do herdeiro do trono do País de Gales? Discursando em nome da honra e dos bons costumes, muitos passaram a "atirar pedras", como se casamentos, traições e divórcios fossem coisas do outro mundo; e o amor também.

Não direi que esses preconceitos saíram da boca de pessoas mal amadas ou que nunca viveram um amor recíproco porque estarei igualmente praticando a crueldade. Cada um que repense sobre suas palavras. Pensar é livre!

Na cerimônia, os noivos leram uma oração onde reconheceram os seus pecados: "Seriamente nos arrependemos e, de todo coração, pedimos perdão por nossos pecados. Sua lembrança nos aflige, seu peso é intolerável".

Esse amor é de se tirar o chapéu. É a história de um homem e uma mulher, independente dos títulos monárquicos, que souberam ultrapassar os reveses e conseguiram concretizar um amor digno daqueles que têm o "coração azul." Beleza feminina ou masculina, nesse caso de amor, é o que menos importa.

É, realmente, um casamento de dar inveja! E não é que dá uma vontade enorme de comer um pedaço de bolo feito pela vovó do mercado?

Coisas que podemos fazer em duas horas
25/04/2005

17h12

Na cidade de São Paulo, a partir de maio de 2004, foi implantado o Bilhete Único visando beneficiar os usuários de transportes coletivos.

Independente da quantidade de conduções utilizadas, o passageiro tem o direito de circular durante o período de duas horas efetuando o pagamento de uma passagem, no valor de R$ 2,00.

Mesmo assim, a tarifa faz com que o ônibus não seja considerado a melhor opção, em tempo algum, nem antes nem depois da entrada e saída de prefeitos.

Quantas atividades são possíveis de se fazer em duas horas?

O que se percebe é que com o advento do B.U. as pessoas descobriram inúmeras outras coisas para se realizar num intervalo de sete mil e duzentos segundos. Não somente deu-se a "eureca" da administração de tempo como também da consciência do que se pode comprar ou economizar com duas notas de um real.

Cento e vinte minutos são suficientes para se fazer uma prova escolar, para utilização de um quarto de motel, para exibição de um filme e perfazem o intervalo necessário entre as mamadas dos bebês que se alimentam de leite materno.

É o tempo necessário para dois times disputarem uma partida de futebol e ainda sobram alguns minutos. Imaginem que loucura seria se a maioria dos torcedores resolvesse ir e voltar do estádio usando somente um Bilhete Único.

Qual é o tempo de duração de uma missa ou da celebração de um casamento? E para votar em político no dia de eleição? Com um só B.U. dá para cumprir o dever cívico e/ou religioso quase que com tranqüilidade.

A percepção geral é a de que as pessoas estão mudando a rotina. Como sempre existe um lado de luz e outro de sombra...

Há uma redução do percurso que antes era feito a pé porque a pessoa desce de um ônibus e já pega outro para andar um, dois ou três pontos. Ou seja, a vida sedentária aumentou. Ganha-se um tempinho e alguns quilos. *Agita SP!* É o que diz o cartaz que está afixado nos coletivos. Já estou percebendo... estão querendo "matar dois coelhos com uma só cajadada".

Só conhecem bem os benefícios e malefícios do B.U. os vigilantes da economia que o utilizam nos ônibus ou lotações.

Uma amiga que também utiliza o B.U. sugeriu-me o tema para esta crônica. Ela me contou que noutro dia estava com um pessoal num bar bebendo e jogando conversa fora lá pelos lados do bairro de Vila Madalena, quando de repente... alguns começaram a se levantar e foram embora pelo "simples" fato de que o tempo do B.U. estava para vencer.

Os dois reais irão para o cofrinho; porém, as relações e momentos de convívio e lazer diminuem. Embora muita gente utilize a palavra integração, estão falando de ônibus; não tem nada a ver com as relações pessoais que andam cada vez mais interrompidas.

Ninguém deverá ficar surpreso diante de certas situações ao perceber que a outra pessoa com quem se fala está olhando insistentemente no relógio. Nem sempre o motivo é tédio ou fuga da conversa. O tempo é que anda limitado pelo B.U. Se esse controle das horas for levado muito a sério, estaremos diante de mais uma causa para se obter estresse.

Esse é um fenômeno importante em nossas vidas porque essa corda bamba financeira está obrigatoriamente compactando e redirecionando as ações dos cidadãos paulistanos e nós somos sempre "os mesmos malabaristas nos varais".

O preço da passagem é que está nas alturas e o nosso poder de compra nas *baixuras.*

Querem saber de uma coisa? Com os R$ 2,00 economizados dá para fazer um jogo na mega-sena e ainda sobra troco... depois é só torcer para acertar os seis números e assim acabar de vez com essa história de ser pobre.

E já vou indo porque está na minha hora... Fui!

19h12

Dia do Trabalho, sem trabalhar
02/05/2005

Grita-se ao poeta: Queria te ver numa fábrica! O que? Versos? Pura bobagem! Para trabalhar não tens coragem (Maiacovski).

Acordei com uma grande vocação para praticar um dos Sete Pecados Capitais, o quinto: *a preguiça.*

Feriadão... domingão e muito frio são chamadas bastantes atraentes para eu não fazer absolutamente nada; a começar por não me levantar da cama.

O Dia Mundial do Trabalho é comemorado desde 1889 em memória dos mártires de Chicago e das suas reivindicações operárias pelos seus direitos.

Acabei de assistir na TV que até hoje existem trabalhadores empregados e desempregados que continuam gritando por melhorias, aumento de salários, empregos e dignidade.

É lindo ver as bandeirolas coloridas sendo agitadas nas avenidas. "A gente não quer só comida. A gente quer comida, diversão e arte."

Naturalmente, o motivo da comemoração do dia primeiro de maio não deveria nunca ser esquecido.

Trabalhar pode até ser muito bom, mas confesso que hoje eu me sinto muito sem vontade para pegar no pesado.

O trabalho enobrece, excetuando-se os casos de atividades cansativas e inúteis como o trabalho de Sísifo (um antigo príncipe grego), que foi condenado a empurrar uma pedra enorme para o cume de uma montanha e após terminar a tarefa a rocha rolava para baixo para o ponto de partida e, assim, ele sempre recomeçava.

Aqueles que o condenaram pensaram, e parece-me que com alguma razão, que não existe punição mais terrível do que o trabalho inútil e sem esperança.

Se um trabalhador não conseguir entender a serventia de sua atividade, poderá sentir-se um Sísifo durante toda a vida. Que complicação! As funções andam escassas e, quando se consegue uma, ainda há a obrigatoriedade dessa análise: ser ou não ser um Sísifo?

A minha preguiça deste feriado está sendo derrotada por estes trabalhos mentais que estou executando. Quem disse que pensar e escrever não são ofícios?

Continuando o poema de Maiacovski... *Talvez ninguém como nós (poetas) ponha tanto coração no trabalho. Eu sou a fábrica. E se chaminés me faltam/talvez sem chaminés seja preciso ainda mais coragem.* (...)

Depois de tantas reflexões, estou chegando à conclusão de que eu preciso de um mecenas; alguém que verdadeiramente adore as artes e os escritores, e que me sustente para que eu possa criar livremente e sossegada em todos os dias do ano.

Onde está a cartilha do "Politicamente Correto em Direitos Humanos?"
10/05/2005

"Não vi e não gostei!" Essa frase, atribuída ao escritor Oswald de Andrade, será o meu lema para essa tal cartilha e para outras tolices que porventura eu tomar conhecimento. Desejam nos "alfabetizar" com essa cartilha?

Que esperança querer criar uma nova atitude brasileira utilizando um livrinho onde constam 96 expressões consideradas pejorativas (sob o ponto de vista de quem?) e que foi elaborado por pessoas do Comitê Nacional de Educação em Direitos Humanos (CNEDH)! Que gente é essa? Por não conseguir alfabetizar os analfabetos, o poder público vai querer conscientizar por imposição?

Aliás, até esta data não encontrei ninguém ao vivo que tenha recebido a tal cartilha. Até onde sei, ela é voltada para o público formador de opinião: pessoas das áreas de educação e de comunicação, parlamentares, policiais etc.

"O objetivo da cartilha é o de promover uma reflexão sobre alguns termos e expressões utilizados no dia-a-dia".

E o povo não forma opinião alguma? Não tem pensamento sério? Só serve para fazer flexões, curvar-se ou dobrar-se?

A cartilha já nasceu marginalizando, pois foram impressos somente 5 mil exemplares para um público específico, isto é, uma minoria para disseminar o que pode ser falado.

Quiseram... *pôr o **preto** no branco*, que segundo o Moderno Dicionário da Língua Portuguesa – Michaelis é escrever, para não ficar só em palavras o ajustado; lavrar documento.

Já vou avisando: – terão de atualizar todos os dicionários.

Se esse livrete vira moda... ou explicamos tudo direitinho utilizando frases completas, ou tem gente que vai se complicar.

Esse livro **anão** não foi elaborado para ser considerado punitivo; ele é somente reflexivo. Refletindo bem...

Um amigo ficou tão revoltado com esse assunto que jogou o seu **sapatão** pela janela e o objeto caiu na cabeça de um

funcionário, de nome Barnabé, que varria a calçada para o **público** da loja.

Na verdade, o governo deveria se preocupar com os **barbeiros** que estão levando a doença de Chagas às pessoas que continuam tomando caldo de cana sem a higiene adequada.

E quando numa padaria, de madrugada, um padeiro perguntar para o outro: – **É tudo farinha do mesmo saco?**

Se eu não tivesse uma das **profissões mais antigas do mundo** – a de poeta – me sentiria ainda mais revoltada.

Enfim, essas frases em negrito (ou devo escrever **pretito?**) são algumas expressões que devem ser banidas do nosso vocabulário. Essas proibições vão num crescendo... terão de mudar também os *softwares*. De repente, poderá haver mais empregabilidade.

Por enquanto, diante da indignação de muitas pessoas, suspenderam a circulação da cartilha.

O CNEDH deveria ficar com os joelhos no milho, lendo a famosa cartilha **Caminho Suave,** para aprender a ler e escrever um pouco melhor e refletir sobre as asneiras que o comitê está pretendendo difundir pelo País.

E seria *politicamente correto* que nos pedissem, no mínimo, desculpas, por terem utilizado o dinheiro público para a confecção de cinco mil unidades por R$ 30.000,00. Isto é, cada exemplar custou R$ 6,00. E onde estão as cartilhas?

Pretendem mesmo nos fazer de **palhaços.**

A fuga das comandas
19/05/2005

Quem é freqüentador de qualquer restaurante *self-service* conhece muito bem o desconforto que uma pessoa sente por se tornar guardiã, logo após entrar num estabelecimento, daquele pequeno papel que fica em seu poder durante as refeições.

Já observaram o desespero de quem, ao dirigir-se ao caixa, percebe que esqueceu a folhinha em algum lugar, geralmente sobre a mesa ou dentro da bolsa?

Se lhe acontecer um fato semelhante, saiba que a resolução não é tão simples como parece ser. Perdeu? Trate logo de achar, nem que seja apelando para São Longuinho.

É que... no rodapé da comanda, que fica em poder do cliente, consta a seguinte frase: "Na perda desta comanda, será cobrado o valor de...". Valores esses que por estimativa são multiplicados em até dez vezes um gasto eventualmente efetuado. Semana passada, peguei uma papeleta que constava o valor de R$ 100,00.

Nunca ousei perder; tomo o maior cuidado... Mas eu juro que se acontecer algum esquecimento, essa quantia exorbitante eu não pago. É um assalto em plena luz do meio-dia! Como o controle da comanda é individual, será muito fácil provar que eu não tenho capacidade física para comer cem reais numa só garfada, digo almoço.

Não me refiro ao *restaurant à la carte,* onde o *garçon* anota o pedido no seu bloquinho; ou, nos mais modernos, o faz em comanda eletrônica, direto da mesa para a cozinha e o caixa. Nesses locais, é tudo muito diferente; o atendimento é *chic* e personalizado.

Estou referindo-me àqueles outros onde cada um pega um prato e se serve, guarda a comanda e ao sair paga a conta e entrega o protocolo para a pessoa da porta.

Sem perceber, nos tornamos co-proprietários ou funcionários de alguns *almoçódromos*, pois, em muitos casos, ainda somos "convidados" a recolher a bandeja e a deixá-la num determinado lugar. Tudo em prol de um serviço mais econômico. Parece verdade, mas não é. O que acontece é que com essa "parceria" – cliente x proprietário – reduz-se a mão-de-obra. Há um trabalhador a menos aqui, outro acolá e enquanto isso o desemprego vai aumentando, o freguês vai trabalhando e o valor da refeição subindo...

Há alguns meses, eu fui testemunha ocular de um caso que ocorreu numa casa de alimentos, até bem conhecida e agradável, no centro da cidade. Durante o dia, funciona no sistema de cada um para si e à noite transforma-se em bar com música ao vivo.

No andar superior do bar-restaurante, há um espaço onde são realizados eventos culturais com apresentações teatrais, músicas etc.

Qualquer um pode entrar, mas para sair... é obrigatório entregar um cartão-comanda onde consta o pagamento das bebidas e petiscos consumidos.

Um casal distraído, ao retirar-se, levou os cartões embora e o encarregado de recebê-los, prostrado na porta, como um leão-de-chácara, igualmente distraído, deixou-os passar.

Iniciou-se, a partir daí, uma caça frenética às comandas.

Uma amiga da dupla, por ser conhecida da casa, foi barrada para esclarecer justamente aquilo que ela não sabia explicar.

Aonde foram as pessoas que estavam com você à mesa? Perguntaram-lhe, aflitos, os comandantes das comandas, agindo num espírito corporativo. A resposta foi um *NÃO SEI!*

Fizeram-lhe um perfeito interrogatório. Na hora, lembrei-me do livro de Kafka, *O Processo,* e fiquei com um certo receio de que os interceptadores da moça também o tivessem lido. Pressionada e por sentir-se responsável por ter apresentado os amigos num local que ela freqüenta semanalmente, viu-se na obrigação de resolver o problema.

– *Como vocês puderam sair sem deixar as comandas?* – perguntou para os amigos ao celular.

Os dois, que já estavam longe, fugiram para mais longe ainda, levando as comandas. No entanto, se comprometeram em devolvê-las no dia seguinte...

"A marvada pinga"
01/06/2005

Tomei uma baita bebedeira... Você sabe como é, não sabe?

Quem é que nessa vida nunca tomou um porre? Cada um tem a sua bebida predileta. Presidentes da República e "simples mortais" têm muitos fatos para contar relacionados à "marvada pinga".

Uns não contam porque se sentem proibidos diante da propaganda negativa que fariam de si. Outros, por vergonha da família, amigos e assemelhados...

Não estou pretendendo fazer uma apologia para essas drogas lícitas, mas a cachaça brasileira já ganhou dois prêmios, duplo ouro nos EUA. Inclusive, existe a Universidade Brasileira da Cachaça. Fico tonta, só em pensar... Logo me ponho a imaginar como são as aulas práticas. São puras ou com limões?

Tudo sempre gira em função da economia e mercado. Os produtores, comerciantes e exportadores apressam-se em considerar a pinga brasileira como "bendita".

Como eu não conheço profundamente as muitas histórias presidenciais destiladas, limitar-me-ei aos casos ocorridos com as pessoas mais próximas, mas também apreciadoras de bebidas.

A editora Jussara Goyano, Ju para os mais íntimos, do Revista Almanaque, neste ano não pôde comemorar o seu aniversário, em nove de maio, no Música & Cia. Bar, no bairro de Vila Madalena, em São Paulo.

Três dias antes, no dia seis de maio de 2005, após 10 anos, 4 meses e 6 dias, o Bar fechou. Ninguém soube dizer se os clientes encontraram alguma tabuleta na porta com um aviso.

É que a locomotiva do estabelecimento, Seu Lucinho, morreu em fevereiro de 2005 e o seu gerente-amigo não conseguiu dar continuidade... Difícil para o "Migué" e para tantos outros donos de estabelecimentos.

De acordo com informação do próprio Miguel, lá pelo Música & Cia. Bar aconteceram tantas emoções; encontros e desencontros, casamentos e descasamentos, apresentações dos melhores músicos da noite de São Paulo... E, cá entre nós, ali a Juzinha exibia o seu *hobby* de cantora-amadora amante da MPB.

Além da música, foi no bar Música & Cia. que se realizou o maior número de campeonatos de truco da face da Terra, quiçá do Universo. Entre mesas quebradas, cadeiras furadas e copos quebrados, tudo foi muito bacana.

Nesse aniversário da Ju em 2005, o também editor do Revista Almanaque, José Venâncio, completou um ano sem engolir a *mardita* cachaça que o mesmo guardava com carinho em casa, sendo considerada a mais famosa e mais cara do Brasil – a Anísio Santiago –, cuja família briga até hoje na justiça para recuperar e continuar usando o antigo nome Havana (tal qual o charuto cubano?). Tudo porque nos Estados Unidos existe um rum com a mesma marca. Água-de-cana não é rum! Rum vem do inglês *rhum.*

Em 2004, para comemorar o aniversário da amiga, José Venâncio decidiu levar para o Música & Cia. Bar essa água-que-passarinho-não-bebe.

Dá até para reviver a cena: o J.V. chegando com uma sacola – ele sempre carrega uma com os seus livros ou de outros autores, ou com textos para revisar. Mas, daquela vez, admirem-se: dentro do invólucro continha um litro de aguardente!

Deixou a garrafa na confiança do Miguel e tomou vinho até por volta da meia-noite. Tão somente depois desse horário resolveu abrir o recipiente e tomar alguns copinhos da perigosa.

Dali pra frente foi tudo embaçando... estômago virando e planeta rodopiando. A recordação que o J.V. tem é a de que foi deixado em casa por alguém, com a garrafa meio cheia, ou meio vazia, embrulhada num jornal (coisa de bêbado mesmo).

Foi salvo no dia seguinte pela amiga Ju, que telefonou preocupada e lhe receitou um remédio pra ressaca... "Tiro e queda", assegurou!

A outra metade da famosa bagaceira foi decididamente jogada pelo ralo da pia.

"E agora, Ju e Venâncio, que vocês comemoraram, cantaram e brincaram, trucaram, embebedaram-se e a branquinha secou... a festa acabou? Ou vão pegar a viola (e a garrafa) e vão tocar (e beber) em outro lugar?"

Se o Seu Lucinho estivesse aqui, falaria: "Pô! Migué! Este texto é coisa de babaca sentimental que fica dando satisfação pros caras. A gente vai encontrar esse pessoal por aí. Quem refresca o traseiro de pato é lagoa!"

A invasão das câmeras e dos gansos
10/06/2005

"Estão por toda a cidade/arrancam a privacidade/estão nos olhando, você os vê?/nem precisa e pra quê?/ é a moderna ditadura; eletrônica, magnética/uma nova tecnologia inspirada na mitologia."

O medo da violência é o grande incentivo para que as empresas busquem vender cada vez mais aperfeiçoamento tecnológico.

Minicâmeras escondidas em brinquedos, espiãs de babás, controles de garagem anti-clonagem... tudo isso e muito mais são os equipamentos modernos e caros que as pessoas buscam para se sentirem protegidas.

A grande insegurança pessoal não permite que se perceba as inúmeras falhas que as tecnologias contemporâneas têm e deposita-se toda a credibilidade em discretos ou indiscretos aparelhos que na maioria das vezes são importados.

É tudo muito bom... Está tudo muito bem... Mas não se pode esquecer de acrescentar um "bom" cachorro que, numa só piscada, assusta mais que dez câmeras enfileiradas.

Antigamente, e até hoje em alguns locais, os animais eram os responsáveis pela segurança doméstica e empresarial e desempenhavam esse papel com muita competência.

Muitos cães demitidos pelos patrões mais sofisticados passaram a perambular pelas ruas ou ficaram no ócio caseiro sem nenhum osso duro para roer.

Porém, os animais vigilantes estão voltando!

Ouvi no noticiário que o esquema de segurança para o CDP (Centro de Detenção Provisória) de Suzano, na Grande São Paulo, é composto de gansos e galinhas d'angola.

As aves têm audição aguçada e grasnam quando detectam movimentos estranhos... fazem muito barulho. Eu, particularmente, tenho medo ao perceber o caminhar de um ganso vindo para o meu lado.

Além disso, no CDP vivem 26 cães. Há também três carneiros que se alimentam do gramado, não existindo a necessidade da mão-de-obra para a capinação.

Essa prática de se ter animais à espreita não é nova; já foi adotada na Penitenciária 2 de Tremembé e vem funcionando.

Há alguns anos, lembro-me bem dos gansos e patos nos pátios de um grande centro bancário. Atualmente, esses animais sumiram do local e as câmeras aumentaram. Máquinas exigem menos trabalho, é bem verdade.

Animais espiões dão certo? O público-alvo dos produtos eletrônicos e o dos animais não têm o mesmo perfil?

Pelo que consta, os donos dos emplumados vigias estão bem satisfeitos com o desempenho da classe, que ainda não é sindicalizada.

Aqueles que estão do outro lado dos muros, provavelmente, estão insatisfeitos e devem considerar os pescoços longos verdadeiras aves agourentas. Como elas são bem cuidadas e guardadas entre cercas, salvam-se de um precoce fim nas panelas.

Neste exato momento, em alguma cabeça cheia de idéias, deve existir algum plano para subornar e corromper os animais sentinelas para que relaxem definitivamente da vigilância.

Elogio à loucura
18/06/2005

"Já alguém sentiu a loucura vestir de repente nosso corpo?/ Já./ E tomar a forma dos objectos?/ Sim./ E acender relâmpagos no pensamento?/ Também./ E às vezes parecer ser o fim?/ Exactamente. (...)"

José de Sobral de Almada Negreiros.

Octávio Paz escreveu que, "ao criar sua obra, o artista busca um convívio com a sua loucura. É um perder-se para encontrar-se".

Todo mundo está sujeito a um desarranjo mental, uns mais e outros menos. Uma pessoa tem o direito de acordar desnivelada do mundo. Liberdade à loucura! Quem nunca cometeu um ato insano? Uma insanidade... por miúda que fosse?

Ao observar o comportamento de algumas pessoas que caminham pelas ruas, encontro verdadeiros oradores defendendo suas teses; alheios totalmente aos acontecimentos ao redor, discursam independente de serem ouvidos ou não.

Vi uma mulher perambulando pela cidade e gritando números do jogo do bicho: "11 cavalo, 23 urso, 09 cobra, 24 veado, 10 coelho, 05 cachorro, 04 borboleta!".

Não tive tempo de ouvir os outros números. Quantas roletas e apostas imaginárias existiriam na mente dela? Quem ousaria em sã consciência "dar os resultados" de um jogo "proibido", em pleno centro de São Paulo?

Qual é a linha divisória para considerarmos alguém como desassisado?

Quando me dizem que uma pessoa está maluca, pergunto ao informante se ela rasga dinheiro; isto é, se, no caso, algum outro louco se aventurar em deixar uma boa grana ao alcance de mãos desatinadas.

Se não rasgar, para mim, teoricamente o suposto demente

não está completamente desajuizado, pois ainda consegue distinguir aquilo que tem utilidade.

Nunca encontrei e nem conheci um desvairado que tivesse rasgado dinheiro; pelo menos, não perto de mim (eu colaria rapidinho). Não estou falando daqueles que rasgam uma nota de um real. Estou falando em alguém disposto a cortar muitas notas... milhões delas.

Também, até outro dia, eu nunca tinha ouvido falar de nenhuma esposa tresloucada que enlouquecesse tanto o marido e o levasse a cometer o ato insano de colocar fogo no dinheiro.

Aconteceu! Na cidade Rejovot, em Israel.

Após ter discutido com sua mulher, um israelense queimou em seu jardim três milhões de shekels (mais de meio milhão de euros). Se fosse em moeda brasileira, já seria um desperdício; multiplicando-se em euros, então...

Em resposta às ameaças que a esposa lhe fazia, justamente pelo motivo de dinheiro, o pobre-rico homem teve um surto, deixando também pobre a antes rica companheira. Acabou com a parte dele e dela, pois ambos tinham conseguido o dinheiro com o casamento e, pelo que parece, o cofre era dentro de casa... Isso já me parece outra falta de juízo dos dois.

Analisando com lucidez, o homem, além de queimar todos os seus recursos financeiros, ainda cometeu um crime ambiental, ao matar as plantas do jardim com o fogo.

A polícia chegou tarde ao local, pois as notas – o pivô das desavenças – já estavam todas queimadas.

O policial pediu, sem muita pressa, os documentos para o homem desvairado: – Por favor, senhor, apresente o passaporte utilizado na travessia da razão para a alienação!

O "suposto" crime da mala
26/06/2005

A mala, desde o início do século XIX, vem ocupando páginas de jornais, por fazer parte de crimes bárbaros.

O Famoso Crime da Mala e *A Mala Trágica* foram manchetes em 1928, porque um homem italiano muito ciumento matou a também italiana jovem esposa, grávida, mutilou o corpo e o levou para o Porto de Santos, endereçando a "encomenda" para Bordeaux, na França.

Na época, já se queria fazer envio indevido de mala para fora do país.

Tudo começou quando o bom esposo ao chegar em casa encontrou a mulher com um estranho, para ele, na cama. "Sem que lhe fosse feita qualquer pergunta, Maria começou a gritar dizendo que não tivera nada com o sujeito. Mas não conseguia explicar claramente o que ele fazia tão bem acomodado junto dela." Foi o que disseram os jornais.

Certas situações são mesmo difíceis de esclarecer. O melhor é nem tentar explicar o inexplicável. Maria poderia ter dito ao esposo que fosse obter provas do que ele estava dizendo e vendo; pelo menos, ela ganharia algum tempo. O marido José Pistone chegou às raias da loucura, matou a mulher, esquartejou-a, acomodou-a na mala e tentou fazer o despacho, quando foi preso sem ter a oportunidade de passar por uma CIM (Comissão de Inquérito de Mala).

Realmente, após essa barbaridade, Pistone não poderia ter nenhuma chance de liberdade.

Quem ficou com a fama nessa história? A mala...

No Brasil sempre aparece uma situação que pode ser considerada o crime da mala, ou seja, um caso absurdo, escabroso, independente de se ter uma mala real envolvida ou não.

Afinal, o que é uma mala? É um objeto para se transportar coisas individuais. É quase inviolável por ser de propriedade particular. A não ser numa vistoria, ninguém, a não ser o proprietário, sabe dar detalhes do que se leva numa mala.

Existem também outras malas... *Mala direta*, quando está relacionada com a propaganda e se tem uma lista para enviar para várias pessoas com o objetivo de divulgar produtos ou serviços. *Mala Postal,* usada para remeter a correspondência de uma repartição do correio para outra.

Tem gente que *arrasta mala;* faz ameaças e ronca bravatas. Mala pode ser, inclusive, o *encantador de serpentes*. Enfim, quase tudo acaba em pizza, gente e mala...

Para atender a ânsia de sentir-se importante, algumas pessoas não usam o bom-senso e carregam malas "supostamente" lotadas de dinheiro; tornaram-se conhecidos como os *malas cheias*. Por trás de uma mala, há o discurso de que, para se obter bons resultados, quaisquer meios (de transportes) são justificáveis.

Negar ou atribuir a outro os próprios erros é uma prática muito utilizada. Por que alguém se sentiria obrigado em falar *é comigo sim...* se pode dizer *não é comigo, não* e, assim, disseminar a dúvida? Evidentemente, existem exceções e algumas pessoas falam a verdade; pelo menos, aquilo que consideram como verdade.

Com a sinceridade de quem já perdeu a inocência há muitos anos, ando questionando...

Como uma pessoa pôde caminhar por um local público com uma mala cheia de grana? Dinheiro que não se sabe de onde vem e para onde vai... De quem é? Pode ser de qualquer um!

Tem gente de olho vivo nas malas... Todo conteúdo é suspeito até que se prove o contrário.

Dinheiro do povo brasileiro mal aplicado e verba utilizada para alimentar a corrupção... é o que se pode denominar de *Crime da Mala*.

Torcedor até depois da morte!
02/07//2005

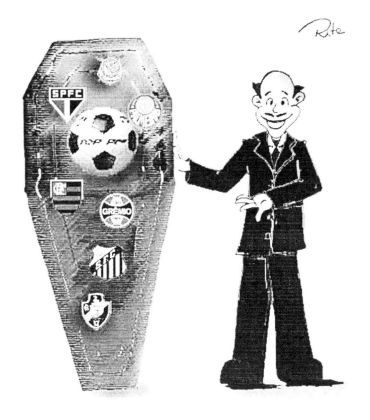

Para aqueles que são apaixonados por uma bola de couro rolando pelo gramado e, de preferência, entrando no gol do time adversário, tenho excelentes notícias.

A novidade chegou da Inglaterra. O próprio futebol profissional desembarcou em nossa antiga Terra de Vera Cruz pelas mãos, ou melhor, pelos pés, dos europeus.

Na atualidade, esse esporte é considerado o mais popular do mundo. Foi disseminado em 1929 pela FIFA (*Fédération Internationale de Football Association*).

Atualmente, somos o que somos... Famosos! O Brasil é pentacampeão! E daí? E daí é que poderemos ganhar mais uma Copa do Mundo neste ano, lá na Alemanha e, nos tornarmos campeões pela sexta vez. É o mínimo que poderia nos acontecer, depois de tantas desgraças políticas que estão caindo sobre nossas cabeças. Pelo menos, ao assistir os jogos, o povo consegue achar a vida mais divertida.

Tem gente que já está enchendo as malas para aproveitar bem a viagem. Mas, todo cuidado é pouco antes de comprar as passagens aéreas...

Ao chegar lá na Alemanha, o brasileiro vai esquecer as mágoas, torcer muitoooooo e cair no chope, no salsichão branco, no repolho e no sanduíche *hackepter*. E seja o que Deus quiser! Em todos os sentidos...

Que o Brasil é famoso pelos jogadores maravilhosos, tipo exportação, ninguém pode negar. As torcidas brasileiras não deixam por menos: cantam, xingam, brincam, brigam e fazem o que for necessário para dar prestígio ao time do coração. É quase um casamento perfeito... na alegria e na tristeza.

Somos considerados criativos, isso também é inquestionável. É diante das dificuldades que a criatividade aflora, dizem. Então, por que esses brasileiros fanáticos por futebol não saíram na dianteira e criaram um produto que um clube inglês teve a idéia de lançar? Por quê?

Na Inglaterra, quem estiver insatisfeito com os modelos tradicionais de caixões funerários, poderá ter um personalizado. Caixão azul e branco decorado com o escudo do clube, uma imagem do estádio Madejski e uma bola de futebol. Tudo isso por 500 libras, o equivalente a 909 dólares.

O porta-voz do clube inglês Reading, Boyd Butler, afirmou que o clube está contente com o lançamento. "As pessoas gostam de dar vida aos funerais de hoje em dia", disse ele ao *Sky Sports News*. Cá entre nós, essa frase me parece muito paradoxal.

Para "tranqüilizar" os que preferem a cremação, fizeram uma urna de cinzas azul e branca, isto é, com as cores do clube.

Barry Kirk, ex-sacerdote oficial do clube e agora pastor de uma igreja, disse ao jornal *Reading Evening Post*: "Você ama seu clube durante a vida e a morte".

E por aqui... torcedores de diversos times brasileiros deixarão passar muitos anos para trazer essa boa nova pra cá? Sempre fomos lentos para inscrirmos os produtos europeus no país. Porém, com a globalização, não há desculpas para a demora.

Há necessidade de se cobrar uma posição das empresas funerárias, do governo e da família (afinal, é ela quem paga as contas do morto). Ou então, pessoas! Assim como se guarda dinheiro para viajar para a Copa, já se deve providenciar uma poupança para a compra do caixão decorado.

Há amor ou não há pelo time? A paixão é só durante a vida? *CAIXÃO COM EMBLEMA DO CLUBE JÁ!* Essa é a palavra de ordem que já deveria estar pelas ruas...

Já estou até vendo... Um indivíduo corintiano que não suportava o parente palmeirense em vida, dizendo: "–Nessa alça eu não seguro!".

Aquele que optar por ter um caixão do clube, já deveria fazer a lista dos carregadores... Poderá até aproveitar para fazer uma pequena vingança.

E assim, torcedor e time poderão seguir unidos para sempre rumo ao desconhecido, sem que a morte possa separá-los...

As rimas pobres de uma história rica!
08/07/2005

"Roberto enganou o Dirceu (não aquele da Marília)... Dirceu enganou o José... José enganou o Marcos que enganou o José e o Dirceu... José e Dirceu enganaram o Luiz... Luiz, dizendo-se enganado, enganava..."

Será esse o destino de uma trajetória que teve o início repleto de amores e flores?

Era uma vez...

"No princípio, há cerca de vinte anos, eles eram poucos. E aos poucos foram chegando. O número de adeptos foi aumentando e os planos se ampliando. Passaram a desejar coisas que até então nem sonhavam...

E viram que tudo podiam e que o céu era o limite... "Então, por que não alcançá-lo?" – com o dedo em riste, para o azul do firmamento, perguntou o mais ousado!

Perturbaram muita gente e projetos derrubaram; afiaram bem as línguas e unidos foram à luta sempre visando a vitória.

Ética e anti-corrupção foram as palavras mágicas que os ajudaram a ganhar o apoio irrestrito da maioria da população.

Depois de muitos anos... vencidas todas as barreiras, o homem prometido e de "muito bom coração" fez-se senhor da nação.

O mundo inteiro anunciou que o país tinha no leme um homem trabalhador, sem curso superior e sem diploma de doutor. O governo desse valente seria bem diferente do seu antecessor.

A mídia o consagrou. Em artista, o novo líder com rapidez se transformou. Desfilou em carro aberto e autógrafos para os fãs ninguém pode dizer que negou.

E como conseguir parcerias? A política... quem imaginaria? Quando se chega ao poder, descobre-se que do lado de dentro é bem mais complexo do que de fora parecia!

Alguns componentes da equipe agiram à revelia; ordens não claras, os rebeldes não mais obedeceriam. Por isso, as "ervas daninhas" foram exemplarmente cortadas, naquele "jardim edênico" não mais teriam morada. Agora, os desprezados andam muito agradecidos, porque além de ter nova moradia, eles sabem muito bem que se livraram de uma bela fria.

E o homem poderoso passou a destilar bom humor, contando piadas pífias e o povo ria, que ria... Também a economia, segundo a boataria, ele dizia que equilibrou e que para isso, tinha uma boa assessoria.

Depois vieram as más notícias, as denúncias e as propinas... Aqueles que se diziam puros foram condecorados como aves de rapina...

Então, o braço direito do chefe, por sentir-se acuado, mesmo dizendo-se sem culpa, foi o primeiro que o cargo abandonou..."

Essa história não tem fim... irá ainda muito mais além... enquanto isso, vamos conjugar um verbo também?

Eu engano? Tu enganas? Ele engana? Nós enganamos? Vós enganais? Eles enganam!

Entre cuecas & calcinhas
16/07/2005

"...Tá com pulga na cueca... já sei vou matar/... Tá com pulga na cueca... já sei, vou matar..."

Diante das recentes notícias sobre o agora famoso passageiro do "vôo 171" de Congonhas – destino Fortaleza – com parada em Brasília, lembrei-me imediatamente da música, dos anos 70, boa para dançar, "Pata Pata" da cantora sul-africana Miriam Makeba.

No Brasil, como era de costume, fazíamos paródias de algumas músicas famosas e muitas vezes as novas letras faziam mais ou igual sucesso que as originais, como é o caso do refrão da Pata Pata "...Tá com pulga na cueca...".

Vários caminhos e descaminhos podem conduzir uma pessoa à fama. Do anonimato à glória, tudo pode acontecer num *flash*... Em seguida... "luzes... câmera, ação!" Rápido como um raio, e não tem volta. É como diz a sábia expressão popular: "Cria fama e deita-te na cama".

Existe algo mais restrito do que uma cueca no corpo? Essa é uma individualidade que deve ser respeitada, por fazer parte da intimidade de qualquer indivíduo.

Quando um sujeito privado tenta driblar o público com milhares de dólares na cueca, essa peça "deve sair do corpo, pois a ele não pertence"?

Foi o que aconteceu com o ex-assessor do político que é irmão do ex-presidente do repartido partido da situação. O homem foi detido no Aeroporto de São Paulo, carregando muitos dólares na cueca – quem tiver curiosidade para conhecer com maior profundidade a palavra *cuecas* – poderá consultar um dicionário.

No embarque, descobriram dinheiro em excesso na mala do passageiro, e ao ser revistado, o conteúdo da cueca veio à tona. Sendo que, o dinheiro da mala era o real, dinheiro brasileiro, e o da cueca era o dinheiro americano. Mala pode ser extraviada, detectada. Na cueca guarda-se aquilo que se considera de maior importância. Houve uma discriminação com o nosso dinheiro, não tenham dúvidas.

Eu já ando com a *síndrome da mala...* Outro dia, vi um carro com cerca de dez malas no bagageiro. Logo pensei: conteriam o quê...? Também.... são tantas malas; mala religiosa, mala política, gente mala...

Neste exato momento, o que me interessa é o caso da cueca. Para mim, ainda pairam algumas dúvidas, além daquela que é a de saber a origem e a aplicação dessas notas contidas nesse cofre ambulante...

"Qual é a cor e o número da cueca?" – uns dizem que é verde; outros que é vermelha. Eu acho que é preta.

"Qual é a marca dessa super-poderosa cueca?"

"A cueca, após a vistoria, permaneceu no corpo do "suposto infrator" ou ficou à disposição da polícia para compor a prova?"

Por que não optaram por fazer o carregamento da verba numa peça íntima feminina? Quantos dólares poderiam ser transportados numa calcinha?

Aliás, os proprietários dos dólares poderiam pensar numa solução mais simples para o transporte das notas. Fariam uma parceria com alguns donos de lojas de roupas chiques que também estão em evidência na mídia. Façamos os cálculos: Uma *lingerie* de seda custa quantos dólares? É só transformar o dinheiro em roupas, encontrar pessoas dispostas a fazer a viagem com dez ou mais peças no corpo, pronto, o dinheiro transforma-se em mercadoria e continua parte do patrimônio.

Há sempre uma solução para tudo...

"...Tá com dólar na cueca... já vi, não vai passar.../...Tá com dólar na cueca... já vi, vai passar...".

139

Procura-se um amigo rico, com urgência!
22/07/2005

A quem interessar possa...

No dia vinte de julho comemora-se o Dia do Amigo.

Como o mês está em curso, ainda dá tempo para eu circular essa carta com o seguinte pedido:

"Mulher solteira procura com urgência um amigo rico".

Quero encontrar um ser humano milionário! Pode ser de qualquer sexo, cor, religião, profissão, estado civil, nacionalidade... mas é fundamental que seja alguém muito dadivoso.

É importante que a pessoa tenha o espírito dos benévolos. Que seja abastada e sem apegos materiais para atender as minhas necessidades financeiras imediatas e, inclusive, para ajudar-me na multiplicação do meu patrimônio.

Desejo com toda sinceridade do meu coração encontrar um amigo rico e que me faça uma doação de quinhentos mil reais para eu dar continuidade aos meus empreendimentos, principalmente os culturais... Nesse caso, o doador será considerado um mecenas no superlativo; receberá o título de *mecenas superlativu*.

Que esse fiel companheiro se ofereça, sem pestanejar, para ser meu avalista num empréstimo bancário de cinco milhões de reais, sem ganhar nada em troca e sem garantias patrimoniais – nem de fio de bigode.

Posso aceitar do meu novo aliado, se desejar e insistir muito, algum brinde extra, por exemplo: um carro no valor de aproximadamente oitenta mil reais; o receberei sem nenhum constrangimento. Segundo a regra da etiqueta social, não se pode devolver mimos; "deu está dado".

Prometo recolher toda ajuda financeira de forma discreta e nunca revelarei – nem diante de um inquérito – o honrado nome do meu amigo. Atribuirei a mim toda a responsabilidade por quaisquer benefícios ou transações financeiras oriundas do vínculo de amizade. Se preciso for, irei sozinha para a "fogueira".

Saiba que será difícil me incriminarem... e, como não tenho a obrigação de produzir provas contra a minha pessoa, não facilitarei em absolutamente nada. Inclusive, existe a hipótese de eu manter minha boca fechada. "A palavra é prata, o silêncio é ouro." Silenciar é mesmo muito mais valoroso.

Querido futuro amigo, sei que você existe, pois se faz presente na vida de outras pessoas. Você não é fruto da minha imaginação e só deve estar aguardando esse contato. Portanto... Apareça! Eu também o mereço...

Aos meus companheiros de sempre, a maioria com muitos anos de estrada, envio-lhes um recado: "Eu os amo!". Vocês até que são bons amigos; éticos, batalhadores, idealistas; no entanto, são iguais a mim, desamparados pela fortuna...

Não fiquem com ciúmes, caros camaradas. Eu nunca os abandonarei nem que eu ouça o galo cantar muitas vezes. Vocês estão nos meus planos de prosperidade...

Diz o provérbio nigeriano: "Segure um verdadeiro amigo com ambas as mãos".

Sem mais,

PT Saudações...

"A mão que balança a arma"
05/08/2005

Durante uma aula, um aluno do curso técnico de administração, sentado no fundo da sala, ao perceber que naquele dia eu escrevia a matéria com muita rapidez na lousa, gritou para os colegas da frente:

– Tirem o giz da mão da professora! O giz na mão dela é uma arma! *Ô loko, meu!*

Esse argumento foi suficiente para fazer eu diminuir o ritmo, compreendê-lo e sorrir...

O jovem estava se sentindo em pleno campo de batalha, no meio de um tiroteio de letras e cálculos e a única saída que ele enxergava para resolver o "conflito" era tirar o "instrumento mortífero" da minha mão.

De repente, um simples bastonete transformou-se de objeto usado para dar aulas em algo muito perigoso.

Na realidade, o problema não é do giz. O giz não vai à lousa sozinho, levitando... e passa a escrever sem comando; ele não tem vida própria. É um dependente da mão que o segura...

Coisas materiais podem ser consideradas perigosas quando estão em poder de mãos inábeis ou violentas... O carro é um exemplo de máquina que, se não for usada com responsabilidade, mata ou paralisa.

Tornar-se vítima de uma bala perdida é um drama sem limites... Inocentes são condenados à morte sem direito de defesa. Pode até acontecer o absurdo de uma pessoa "morrer duas vezes", como o caso ocorrido com uma jovem senhora que estava sendo velada no cemitério.

Num confronto entre policiais militares e supostos traficantes, uma bala atravessou a janela e alojou-se no cadáver. Enquanto isso, os vivos, com muita vivacidade, se jogaram no chão e saíram ilesos...

Uma arma de fogo tanto pode servir para defender como para atacar. Se estiver ao alcance de uma pessoa sem responsabilidade é ave de mau agouro pairando sobre cabeças.

A opção para acabarmos ou não com o comércio de armas de fogo e munições estará em nossas mãos. Vamos participar como eleitores, usando o nosso *direito obrigatório* de votar no referendo das armas e nos pronunciarmos a respeito dessa grande questão de interesse geral. *Sim ou não?* Somos "a mão que registra o voto".

Enquanto isso... a produção de armas no Brasil continua a todo vapor... *Exportem as armas! Fechem as portas das fronteiras para impedir que armas de fogo retornem ao país, através do comércio ilegal! Fechem as fábricas de armas!* Discursarão alguns...

Mas, não dá para negar... armas podem ser extremamente perigosas. Um político norte-americano, Arthur Teele, ex-funcionário e ex-candidato à prefeitura da sua cidade, entra no jornal "The Miami Herald" e dá um tiro na cabeça. Segundo o próprio jornal, "ele já dentro da sede do diário tirou uma pistola de uma sacola e atirou na própria cabeça. Tudo porque Teele, 59 anos, recebera 26 acusações de fraude e lavagem de dinheiro por supostamente ajudar uma empresa de eletricidade a utilizar uma pequena companhia como fachada para conseguir contratos no Aeroporto Internacional de Miami no valor de cerca de 20 milhões de dólares".

Brasil e EUA têm algo em comum: uma suposta fraude de um político...

O referendo das armas, que será realizado em 23 de outubro, está chegando em boa hora... Como temos o costume de imitar as atitudes dos americanos, através da nossa votação consciente, poderemos evitar que políticos brasileiros supostamente corruptos, se inspirem no Teele e copiem mais essa...

Suposto ou pretenso?
16/08/2005

São dois adjetivos derivados do latim – *suppositu e praetensu* – que possuem o mesmo significado. É algo admitido por hipótese, atribuído sem razão ou fundamento.

Após os casos dos *supostos* atos de corrupção brasileiros, a palavra *suposto* aparece na mídia e nas Comissões Parlamentares de Inquérito (CPIs) infinitas vezes. Por quê?

Suponhamos que em um determinado depoimento alguém falou muitas mentiras. Como não existe a devida comprovação, o depoente passa a ser um *suposto* mentiroso. Até que se prove o contrário, ou seja, após uma ampla investigação para não incriminar aquele que pode ser inocente, o indivíduo se enquadrará no campo das *suposições*.

Parte-se do princípio de que muitas afirmações passam como verdadeiras sendo falsas e de que sempre há necessidade de fazer uma cuidadosa averiguação antes da decisão final, sob pena de julgar com inexatidão um *suposto* culpado. Existem *supostos* inocentes? Deve haver... porém, normalmente não se fala em *supostas* pessoas puras, porque a hipótese da culpa poderia, dessa forma, aparecer de forma intrínseca.

Nenhum réu reclamaria se o chamassem de inocente, reclamaria? Principalmente se ele se soubesse culpado...

Ando enfastiada com tantos *supostos*... Tudo o que se lê é sobre o *suposto* criminoso, o *suposto* ladrão, o *suposto* mensalão, o *suposto* caixa dois, os *supostos* traidores do Partido, a *suposta* conta nas Bahamas, o *suposto* acusado, os *supostos* milhões de reais...

Com os inúmeros fatos envolvendo políticos brasileiros, os *supostos* culpados já andam caindo no vácuo...

De que maneira poderemos minimizar esse exagero do uso da palavra *suposto* para referir-se aos *supostos* participantes de um *suposto* esquema ilegal dentro da política brasileira?

Um jornalista português, ao falar numa rádio do Brasil sobre uma *suposta* visita do *suposto* representante do Presidente da

República a uma empresa de telecomunicação de Portugal, nos salvou dessa chuva de *supostos* ao dizer que o visitante era um *pretenso* representante do governo brasileiro.

Mudou a palavra...: os portugueses falam *pretenso* e não *suposto*... Já não é uma mudança?

Podemos dizer: os pretensos corruptos, o pretenso dinheiro nas Bahamas, o pretenso suborno, a pretensa traição...

Esse atual pretenso envolvimento com os portugueses, os "descobridores" do Brasil, que desde 1500 vêm nos ensinando a lei da sobrevivência através da comercialização de produtos e da prestação de serviços, nem sempre considerados justos, nos faz recordar os 183 anos da Independência do Brasil.

Portanto, apesar da aplicação em excesso da palavra *suposto,* é com ela que eu prefiro continuar pois já virou quase moda por aqui...

Suposto... não é dos brasileiros e nem dos portugueses... tomamos emprestado do latim.

"De tanto ver triunfar as nulidades..."

27/08/2005

"De tanto ver triunfar as nulidades, de tanto ver prosperar a desonra, de tanto ver crescer a injustiça, de tanto ver agigantarem-se os poderes nas mãos dos maus, o homem chega a desanimar-se da virtude, a rir-se da honra, a ter vergonha de ser honesto."

Rui Barbosa (em discurso de 17/12/1914, no Senado)

Ando meio desencantada... meio não, inteiramente. Milhões de brasileiros e eu estamos a cada dia mais aborrecidos diante de tantos acontecimentos em que os poderes agigantam-se nas mãos dos maus e que os fatos se encaixam perfeitamente nesse texto tão contemporâneo de Rui Barbosa. Sabemos que ter um comportamento ao contrário daquilo que consideramos como correto é inerente ao ser humano.

Há quase um século e meio, o anarquista russo Mikhail Bakunin (1817-1876) disse: "Esta minoria, porém, dizem os marxistas, compor-se-á de operários. Sim, com certeza, de antigos operários, mas que, tão logo se tornem governantes ou representantes do povo, cessarão de ser operários e pôr-se-ão a observar o mundo proletário de cima do Estado; não mais representarão o povo, mas a si mesmos e suas pretensões de governá-lo. Quem duvida disso não conhece a natureza humana..."

Mas existem "naturezas" que transbordam quaisquer limites da paciência...

Vale lembrar também a frase de que "a História não grava intenções. A História grava fatos".

Eu, particularmente, tenho sentido muita vergonha, não por ter feito dívidas e, sim, por ter me empenhado para honrá-las, quando vejo tanto do nosso dinheiro nas mãos dos mais "espertos".

Não, não é inveja da riqueza pessoal alheia... Essa que por aí anda foi conseguida por conta de *supostas* fraudes.

Ando triste ao ver a forma precária que vive nossa gente.

Triste também porque as pessoas lutam para buscar a sobrevivência e, muitas vezes, encontram o fracasso. Gente boa na profissão mas que não consegue um espaço para trabalhar porque as coisas não estão fáceis como os "donos" da economia querem nos fazer crer. Quem nunca ouviu falar que a renda do brasileiro é baixa e que, em média, um terço da renda é gasto com pagamento de juros? Quando se tem o "privilégio" de se ter juros para pagar...

Não dá para desanimar? Tenho vontade de chorar... *buá... buá...buá.* Sugiro a criação do *muro do choro,* um local especial para derramarmos as nossas lágrimas.

Mais que lamentação, tenho é muita raiva. Mesmo se me aplicassem a vacina que é destinada aos animais, no mês de agosto, eu não poderia me conter.

Paira o clima de frustração entre as pessoas. Não porque confiaram excessivamente no governo; não são dignos de confiança excessiva... mas sim porque muitos maus políticos agem com tanta ausência de pudor que parece coisa fora da realidade...

Vivemos numa época de ditadura econômica e que de certa forma nos impede de ir e vir.

Hoje estamos assim: calados por opção ou por omissão. Como canta Chico Buarque em sua música *Apesar de Você,* de 1970: *A minha gente hoje anda/Falando de lado/E olhando pro chão, viu.*

Pareço estar brincando ou fazendo sátiras? Falo sério!

Descarreguei a minha desordem emocional por certificar-me de que as nulidades estão triunfando... A consciência algumas vezes pode nos consumir.

Resta-me a capacidade da indignação e isso me parece pouco.

Teoricamente, a maioria não será mais a mesma após conviver com tanta corrupção e abusos desfilando diante do nosso nariz... Ou será que será?

Vida de vaca...
05/09/2005

A vaca anda na pauta dos noticiários. Ela faz parte do nosso dia-a-dia, de forma explícita ou implícita. Para o nome vaca, existem vários significados: além de ser a fêmea do boi, pode ser também uma pessoa ou coisa de que se tira proveito continuamente; ou ainda quando se faz uma coleta entre pessoas para comprar alguma coisa ou pagar dívidas de alguém (quem nunca participou de uma vaquinha?). Às vezes os nomes mudam, mas os fins são quase os mesmos...

Há alguns ditados relacionados com a vaca: "Boi em terra alheia é vaca"; "A vaca foi para o brejo"; "Em tempos de vacas magras"...

Da vaca louca já se falou bastante. O animal tem uma moléstia crônica degenerativa. As células morrem e o cérebro fica com aparência de esponja. A vaca passa a agir como se estivesse enlouquecida. Recomenda-se não comer a carne procedente de lugares que tenham a contaminação (exemplo: Europa e EUA). No Brasil, não existem registros de vacas loucas... Parece que estamos livres...

Na Rússia, os bois e suas fêmeas ainda não estão *maluquetes*... mas ninguém sabe como ficarão em breve. Os animais que sempre pastaram nos lindos campos de girassóis – que até inspiraram o nome de um filme – agora se alimentarão também de uma famosa erva: a *cannabis sativa* (maconha ou fumo-brabo) que apareceu no meio das plantações russas. Com o inverno rigoroso se aproximando e sem ter tempo para separar o *joio do trigo*, os responsáveis pelos alimentos resolveram deixar as coisas do modo que estão para o rebanho.

Sem achar saída para o caso, o porta-voz russo do Serviço Federal de Controle de Drogas acrescentou: "Não sei como o leite ficará após isso". Se ele não sabe, quem saberá? Os consumidores?

Na Colômbia, longe desse problema alimentar que os russos têm com suas vacas, detiveram uma vaca porque ela causou um problema no trânsito. Aquela que dá leite e que não conhece as leis do trânsito colombiano cruzou uma rua e atingiu uma motocicleta que feriu uma jovem. Deixaram o animal preso num local impróprio: o estacionamento de carros. Revoltada, solitária e sem ter um pasto disponível, de girassóis que fosse, ela está "doidona" e até agora não apareceu nenhum louco para resgatá-la. Há quem diga que a vaca não poderá ficar para sempre no estacionamento. Isso tem lógica, e acredito que todos já estão imaginando qual será o final dessa história. Órfã de dono e dando trabalho na delegacia... Já estou sentindo o cheiro....

Pior que esse caso são os atentados onde utilizam a "vaca-bomba": uma vaca carregada de dinamite para explodir num determinado local, matando várias pessoas ao mesmo tempo.

Ao contrário de tudo isso... existem na Índia aproximadamente duzentos e cinqüenta milhões de vacas, que são respeitadas e veneradas por setecentos e cinqüenta milhões de pessoas de crença Hindu! "Algumas pessoas, de todas as castas, incluindo as mais altas, deixaram para trás as suas profissões para se dedicarem exclusivamente ao bem estar das vacas mais frágeis e/ou mais velhas, criando vacarias que são sustentadas por eles próprios e por outras pessoas que lhes vão dando donativos. Entre estas pessoas, podemos encontrar políticos, médicos e toda uma série de profissões que neste país são muito importantes."

E nós lá temos essa sorte de ter alguns políticos brasileiros abdicando dos seus cargos em benefício das vacas, inclusive abrindo mão das supostas vaquinhas? Por aqui... multiplicam-se as vaquinhas de presépio.

Em São Paulo, apareceram pela primeira vez na América Latina, – é a Parada das Vacas, onde 150 vacas multicoloridas foram expostas pela cidade. São esculturas de artistas brasileiros, representando a vaca. A criação é do artista plástico suíço Pascal Knapp. A Suíça é a terra do famoso chocolate ao leite! Tem lógica... Além da panela, a vaca por lá tem outro tratamento.

Vacas estão em quase todos os lugares do mundo e, na maioria das vezes, os machos são chamados de fêmeas... Afinal, o mugido é igual em qualquer parte...

Os culpados são os ratos...
12/09/2005

Chega de colocar panos quentes e de ficar em cima do muro! Crimes políticos são difíceis de levar alguém à condenação. Até concluir um processo financeiro e/ou administrativo, percorre-se um longo caminho e com muitos atalhos. Demoram-se anos até reunir todos os documentos que provem a culpa. E quando conseguem... o incriminado nega com veemência, para gerar mais dúvidas: – não é comigo!

Há muitos processos sem solução aparente... E vendo o impasse que se cria ao buscar provas que depois se transformam para os acusados em falsas e para os acusadores em verdadeiras, disseminando-se dúvidas, nesse caso, a lei favorece o réu... "in dubio pro reo".

Com a necessidade humana de que os indivíduos sejam punidos, as pessoas querem ver os inescrupulosos atrás das grades. Se a condenação for pelo mau desempenho na política, deseja-se que o político, eventualmente enjaulado, devolva o dinheiro surrupiado dos cofres públicos. Só prender não tem mais acontecimento atrativo.

Onde estão agora as pessoas consideradas politicamente culpadas? A maioria caminha livremente pelas ruas e assembléias, usando no rosto a maquilagem de inocentes...

Pelas cidades, inclusive Nova York, é comum encontrar centenas de ratos... Esses bichos milenares têm amplo conhecimento sobre riqueza, desde o aparecimento da era agrícola, ocasião em que se iniciou a armazenagem de grãos. Onde havia estoque, lá se encontravam os roedores, aos milhares, com apetite suficiente para devorar os alimentos que encontrassem pela frente...

John Calhoun relatou um experimento na revista *Scientific American* sobre as conseqüências do aumento da população de ratos. Numa gaiola foi colocado um utensílio com comida na parte central e outros distribuídos pelos cantos: "O aumento do número de animais na gaiola provocava sua aglomeração em volta do recipiente central, embora houvesse espaço à vontade ao redor dos laterais. *Como cada rato queria para si a posição mais privilegiada no centro*, começavam as disputas. Quanto maior a concentração de ratos, maior a violência das brigas: mordidas, ataques sexuais, mortes e canibalismo."

O povo egípcio, percebendo o perigo que os ratos traziam, buscou os gatos selvagens e os domesticou para que eles comessem esses roedores... Assim, os felinos ganharam lugar de destaque na sociedade do Egito...

Consta-se, no entanto, que gatos só comem ratos em caso de extrema necessidade...

Os ratos proliferam-se em pequeno espaço de tempo e, cosmopolitas como são, querem viver perto dos humanos para beber água, ter alimento e abrigo. Sem muito esforço...

Todos os ratos deveriam viver retirados em suas insignificâncias; porém, só para contrariar, eles mostram porque estão nesse planeta... Chiam e chiam abusivamente, demonstrando uma super-resistência para sobreviver às calamidades; aliás, são nesses momentos que eles aparecem causando mais pânico.

Com o aumento acelerado desses roedores na cidade de São Paulo, criou-se a *Operação Rato Fora* – "acho esse nome simpático" –; porém, outras cidades brasileiras também sofrem com esses mamíferos que constituem um sério perigo à saúde pública, inclusive existem muitos até na capital do país, Brasília.

Vida de rato não é tão fácil como parece; milhões de camundongos são utilizados anualmente para a pesquisa do câncer. Como não fui contratada para defender ratos, vou dar o meu parecer:

– Esses seres são os reais culpados pela crise financeira, ética e alimentícia que empobrece e entristece o povo brasileiro.

São essas ratazanas que causam as nossas desventuras e estão aumentando cada dia... saindo dos bueiros... e, como todos aqueles que têm culpa e não possuem dignidade para assumir os erros, usam o ataque como arma de defesa.

O escritor francês La Fontaine, numa reedição das fábulas clássicas de Esopo, escreveu *A Reunião dos Ratos.*

"Os ratos planejaram colocar um guizo no pescoço de um gato para que fossem alertados quando ele se aproximasse. Só não sabiam quem iria pendurar a sineta no pescoço do gato..."

Uma separação kafkiana...
19/09/2005

Vinícius saiu de casa, vestiu o casaco cinza, atravessou rapidamente a cidade, sob as nuvens negras, foi até o Fórum na outra zona, onde seria testemunha do seu amigo Saulo para formalizar a separação amigável com Isaura, depois de viverem quase vinte anos separados na prática.

Saulo e Isaura viviam juntos e já tinham filhos quando resolveram se casar. Ter a união legalizada daria a sensação de experimentar algo novo e, além disso, o direito de sacar a "bolada" do PIS/PASEP, coisa que não poderiam fazer enquanto apenas moravam juntos.

Separar também traz as suas vantagens, pois cada um poderia adquirir imóvel pelo financiamento habitacional do governo. A vida é sonho de "casa e separa", mas precisa de atitudes concretas...

Às 13h45 estavam todos – Vinícius, Saulo, Isaura e Josefina (não a esposa de Napoleão e, sim, a outra testemunha) e o advogado Dr. Fernando – pontualmente num suntuoso prédio, porém com modesto patrimônio de móveis e utensílios, motivo pelo qual havia poucos lugares para acomodar muita gente.

O escrivão pediu os documentos, fez as perguntas de praxe, colocou os papéis sobre a enorme pilha que carregava nas mãos, preparou a papelada para o juiz e desapareceu sob a luz amarela do corredor...

Os tique-taques do relógio marcavam as horas, que passavam lentas ou rápidas, dependendo da expectativa de cada um. Josefina tinha de buscar o filho especial às 16h30 na porta de uma escola do outro lado da cidade; para ela, o tempo voava. Eram quatro pessoas para efetivar a separação do casal perante a lei e juntos ficariam no local até que tudo se resolvesse.

Pela porta aberta via-se a figura de um casal fazendo uma separação litigiosa; estavam há uma hora diante do juiz e do promotor, sem chegar a nenhum acordo. Dentro da sala os ânimos estavam elevados e do lado de fora as pessoas já começavam a se exaltar com o cansaço e a irritação da espera...

O escrivão pegou um café, colocou açúcar no café, levou a xícara à boca, olhou para as horas e Josefina aproveitou a pausa para dizer-lhe que precisava ir buscar o filho na escola. O escrivão olhou-a, disse que não daria para acelerar o "andamento" do caso e que eles não poderiam ir embora para voltar noutro dia, porque o processo já se encontrava na mesa do juiz.

O advogado enviou um bilhete ao promotor explicando a situação, por intermédio do escrivão – que não queria ver a Justiça como culpada por uma criança ficar sozinha na porta de uma escola –, mas nada resolveu.

Às 16h45 o promotor saiu da sala, o advogado levantou-se, explicou os motivos "da pressa" e pediu uma possível solução. Com muita insistência, o advogado conseguiu uma resposta positiva, mas foi lembrado que antes dele havia outro caso de separação consensual. O promotor aceitou atender os dois numa sala ao lado, isto é, depois de o advogado convencê-lo da justeza da causa de inverter a posição da fila.

O promotor insistia em saber de Saulo e Isaura se eles tinham certeza de que queriam mesmo a separação, mesmo depois de 20 anos sem viverem juntos. A dúvida cresceu quando Isaura, mesmo desempregada, abriu mão da pensão. Finalmente, o promotor se convenceu de que o casal era sincero, sabia o que queria e fez a liberação para o juiz.

O casal anterior, que tomara boa parte do tempo do juiz com suas demandas, deixara a sala e pelo visto sem nenhum acordo. O juiz aproveitou para fazer o despacho de outros processos e, depois das 17 horas, chamou o casal Saulo e Isaura, mas exigiu que o advogado deles fizesse um acordo com os advogados dos outros casais, cuja numeração era anterior, para ver se podiam passar na frente.

O juiz indagou as testemunhas, individualmente, na frente do advogado e do casal S & I para saber se nesses vinte anos separados eles tentaram alguma reconciliação, se tinham filhos etc... Às 17h45 tornaram-se livres...

Saulo, sob a chuva, enfrentou o trânsito caótico, atravessou a cidade e deixou cada um no seu destino: Josefina, que encontrou o filho na porta da escola com uma amiga localizada por ela na última hora; Isaura e, por último, Vinícius que passou na editora para pegar exemplares do seu livro para o lançamento no dia seguinte em Belo Horizonte...

Saulo chegou em casa, acendeu a luz amarela do corredor, subiu as escadas bem devagar, tomou um banho quente, colocou a água na chaleira, deixou-a esquentar até ferver, fez um café bem forte e tomou-o sentado na poltrona.

Ficou a pensar sobre os transtornos daquela tarde, principalmente para a Josefina. Pensou no casal da separação litigiosa e nas dificuldades que ainda enfrentariam até chegar num acordo. Pensou no sistema da Justiça e nas várias horas que tinham passado à espera porque o casal não se decidia.

Refletiu sobre os advogados que gastavam horas para resolver casos simples, como o dele, e que por esse motivo provavelmente incluíam o custo desse tempo nos honorários.

Pegou o papel da separação, dobrou-o em quatro, colocou-o na gaveta e tentou dormir, mas ficou olhando para o teto, questionando-se se estava tudo solucionado ou se depois de algum período ainda seria chamado pela Justiça, por qualquer outro motivo sobre esse mesmo caso...

Furacões no Brasil?
"Ninguém merece!"
05.10.2005

... Lembram-se daquela piada sobre a criação do mundo? Não? É o seguinte:

"Deus criou o mundo e junto o Brasil. Veio um anjo e falou: – Deus, eu não estou entendendo, o Senhor criou furacões, terremotos, maremotos, desertos, geleiras e toda a espécie de desastres naturais em outros países, mas poupou esse país aqui, o Brasil. Por que fez isso?

Deus respondeu: – Calma, meu filho, você verá o povinho que vou colocar para viver lá."

Quando e em que lugar surgiu essa piada mais sem graça? Não sei... Mas desconfio que pode ter vindo dos portugueses, numa vingança sobre o possível inconformismo que sentem porque nos perderam. E também, dessa forma, isentam-se de quaisquer culpas e críticas atribuídas a eles sobre o povo brasileiro. As frases: "não é comigo", "eu não sabia e não sei", "não é meu", "assinei mas não li" podem ter sido criadas há muito tempo por volta do século XVI.

Apesar do tom pejorativo contido na palavra povinho, esse substantivo masculino significa também multidão ou um conjunto de populares. Sendo assim, a piada pode não ser tão depreciativa como parece à primeira leitura.

Ao ler a notícia que o Brasil também pode entrar no circuito mundial de furacões, devido ao aquecimento global... rodopiei!

Esse circuito não dá prêmios como o da Fórmula I, não...

Ninguém está preparado para receber nenhuma *Rita* ou *Katrina*.

E quais nomes terão os furacões por aqui? Antigamente, só conhecíamos o furacão branco da propaganda na TV.

Nos Estados Unidos, os nomes de pessoas começaram a ser usados para furacões na década de 1950. Primeiramente, usaram o alfabeto fonético e depois os nomes femininos. Nos anos 70, grupos feministas conseguiram modificar a nomenclatura e a partir daí foi iniciado um rodízio entre nomes femininos e masculinos.

Segundo Nannete Lomarda, chefe da Divisão de Ciclone Tropical da Organização Meteorológica Mundial, cada fenômeno é batizado como se fosse um recém-nascido. "Cada furacão tem sua própria identidade e personalidade, e acaba-se percebendo. O comportamento de cada um é único."

No Brasil? Imaginem quantas pessoas não aparecerão "para doar" os seus nomes e sobrenomes "somente" para ficar na História.

Já estou vendo a lista rodando pela internet, concursos, tudo com taxa de inscrição, é evidente.

Não estamos solicitando ou precisando de desgraça em dobro... Uma que ocorre da natureza e outra que procede do povinho e que tem força para girar constantemente o povo, que não é o da piada e, sim, a maioria das pessoas.

Pouco importa o nome que o fenômeno possua: Catarina ou Catarino, Rita ou Rito, Severina ou Severino, Paulo ou Paula, Luiz ou Luíza, José ou Josefa, tanto faz; não merecemos mais essa novidade...

Apesar das incertezas sobre o futuro dos furacões no país, a anedota sobre a criação do Brasil estaria perdendo o prazo de validade?

Precisamos renovar a data porque é assim que começa. Ruim por ruim, vamos tentar manter a piada original.

Primeiro vêm os furacões; depois os terremotos... e sabe-se lá para onde iremos se um arrastão desses resolver passar por aqui.

Sem essas catástrofes, já estamos suficientemente sem rumo...

Vou tentar estar escrevendo no gerúndio

20/10/2005

Consta no *Michaelis – Moderno Dicionário da Língua Portuguesa* – que gerúndio é "forma nominal do verbo, invariável, terminada em *ndo*, que exprime de ordinário uma circunstância, ou concorre para a formação de verbos freqüentativos com os auxiliares andar e estar, ou entra na conjugação dos verbos incoativos com os auxiliares ir e vir".

Já percebi que escrever no gerúndio não será uma tarefa fácil, pelo menos para mim. Ao contrário do que se pensa, o gerúndio não é de uso informal porque numa linguagem coloquial fica burocrático demais dizer, por exemplo: – vamos estar tomando um lanche no final da tarde. Esse alongamento de frase já é motivo suficiente para não ser dito em sua totalidade.

Esta é a 50ª crônica que *vou estar escrevendo* e tenho motivos para comemorar... A primeira foi o *Poder das Pulgas na Comunicação,* em 31 de agosto de 2004 e, semanalmente, ou quase, o *site* Revista Almanaque recebeu-as sob a batuta do editor-chefe José Venâncio Resende, que sempre me concedeu a liberdade de expressão para criar as matérias e as colocou à disposição do público.

Apesar de eu não conhecer pessoalmente a desenhista Rita e a editora Jussara, estabelecemos uma parceria oculta. Rita, por ilustrar tão bem as crônicas – sensível às colocações mais sutis – e Jussara por endossar os escritos e, além disso, tornar-se uma leitora assídua.

Os leitores das minhas crônicas são aqueles que, silenciosamente, fazem coro – como um hino a tocar em minha alma – para *eu estar dando continuidade* ao processo de criação. Sei que existem, mas não tenho noção de quem eles são, salvo exceções. Algumas informações levam-me a saber que estão em São Paulo, Minas Gerais, Rio de Janeiro, em outras cidades do Brasil e também no exterior.

Esta crônica de número cinqüenta, na realidade, simplesmente antecede à cinqüenta e um – *que é uma boa idéia.* É um marco! Um início para uma nova jornada. Esse conjunto de escritos – de 01 a 50 – está reunido neste livro.

Privilégio tenho eu por *estar tendo a oportunidade* de realizar um antigo sonho – escrever crônicas. Eu desejava, mas não tinha como e onde publicá-las de imediato e sentia essa necessidade. Sempre escrevi poesias e escrever crônicas foi um desafio: os assuntos, a formatação, a leveza de determinados temas misturados com a acidez de outros. Mergulhei no meu entorno, nas leituras jornalísticas e nas pesquisas – cada crônica do *Entre Cuecas & Calcinhas e outras crônicas,* equivale a um novo aprendizado. Portanto, ganhei muito nesta trajetória...

O Venâncio *vai estar colocando* as novas crônicas no *site.*

Já tenho várias pautas disponíveis. Exemplos: 1) *Entre tapas e tapas* – vários feridos em briga de congressistas no Parlamento (não se animem, foi lá em Taiwan); 2) *O Festival de Abelhas* (260 mil abelhas no corpo de um sul - coreano, andando de bicicleta, para comemorar a abertura do Metrô na cidade; 3) *O perigo de um pedido que se torna ordem* – uma escola na Polônia teve de ser evacuada porque pediram para as crianças levarem algo interessante para mostrar aos coleguinhas e uma criança levou uma granada ativa.

Vou estar aceitando sugestões para as novas pautas e *podemos estar sempre nos fazendo* companhia: leitor x autor.

Para viver dentro da ética no Brasil é preciso ter muita fé, é quase que uma religião...